INK

文學叢書

278

夢著醒著

楊明◎著

目錄

自序

距離我前一本小說的出版，已經有將近五年的時間，也就是說在這五年裡，我沒有出版過任何一本小說。看到我這樣稍嫌反覆的陳述一樁對這世上絕大多數人都屬平常，即便是對作家而言，恐怕也無什麼特別之處的事件，恐怕有些人會覺得我大驚小怪，進而小題大做，但，實在是因爲這對我而言並非平常。一九八七年我出版了生平第一本小說集之後，從未停頓如此久，不，說停頓並不準確，因爲我還在寫，只是速度明顯的變慢了，我想這和我的生活有了改變，是脫不了關係的。

二〇〇三年，我去了成都，重新回到校園，離開了台北光怪陸離五彩繽紛的傳播界。成都是一座古老的城市，也是一座主張慢活的城市，長久以來她很固執的堅持著，充分的實踐著，你完全無法憑藉一人之力與之扭轉，在費力較勁過後，不論情願還是不情願，我只能跟著放緩節奏，這對於習慣台北快節奏的生活，甚至在以強調時效的新聞媒體業界工作了十幾年，有如魚得水之感的我，坦白說，一開始對於成都的慢，非但不覺輕鬆，反而非常焦慮，我習慣了每個小時都有進度的生活，成都人打麻將喝茶擺龍門，那股子閒散勁，每每令我不知所措。

但，我無法改變成都的慢，他們不認爲那是沒效率，反而認爲是一種生活情調，節奏快的日子，不是人過的，那樣的生活該給螞蟻蜜蜂，而且還是最基層的工蟻工蜂，這在當地是無需質疑的生存基調。在學校，我催促老師考試，在住處，我催促物業公司收取管理費，得到的答案常是「別人都不急，你爲什麼要著急」，幾次三番的無功而返，我也只能放棄。二〇〇七年，當我畢業時，我發現自己雖然並未能認同當地的生活主張，但至少我不再焦慮了。

收在這本集子裡的小說，幾乎都是我到成都後所寫的，成都人喜歡說安逸，我在那裡的生活的確很安逸，四時花卉蔬果妝點著日常生活，偶爾到附近的大山裡走走，過得有滋有味，而且不疲累。是的，不累，這對現代人而言很重要，卻沒有太多人擁有，台北很美，很豐富，但也常讓人覺得累，也許因爲每一件美好或不美好的事背後，都有太多的情感牽扯著。離開了熟悉，選擇陌生，反而有種輕鬆的感覺。不過，即便是抱持著這種心情在成都生活的我，有時候突然聽到一首熟悉的歌曲，還是不免寂寞，想起台北的朋友，想起舊日時光，以及眼下我缺席的生活，總是有些悵然。我想就是因爲這樣，在成都的日子，有時竟是虛幻現實難辨，白日的生活安靜簡單，夜晚的夢境熱鬧繽紛，起伏曲折，時間久了，何者是現實生活，何者又是夢境，常使我疑惑，也許不是無從分辨，而是不想也沒必要分辨，於是有了〈夢著醒著〉、〈如果你選擇關機〉；偶爾離開成都外出走走，往西往南，均入山區，綿延的大山環繞，就在若干年前，還幾乎成與世隔絕之態，一回驅車往海螺溝，七個小時的車程，一半以上的時間在大山裡盤旋，我完全陌生的空間，意想不到的生活價值，衝擊著自以爲是的我，於是有了〈九槐村的裁縫〉、〈上升的海平面〉；暑假回到台北，生活驟變，原本的安靜在踏入機場的片刻霎時消失，逆轉成翩翩飛舞的流光，情緒紛遝，沒有了喘息，於是有了〈那年夏天以後〉、〈如果那一天沒有〉；二〇〇八年，我離開成都，轉赴杭州執教，初時，丈夫尚未到杭州就職，仍在蘇州工作，我每週往返杭州蘇州之間，留在杭州的那幾天，獨自住在大學城裡的我，生活的空置讓人驚詫，除去上課，再無其他，我從未想過天底下存在如此簡單到瀕臨一無所有的生活方式，至少就算存在，也絕對與我無關，就這樣有了〈寂寞培養皿〉。

然而，愈來愈簡單的生活，逐漸讓我看清了一些以前無暇看清的事，太多姿多彩的生活，往往使人耽溺，追著趕著，停不下腳步。離開了報社，重返校園，離開了台北，客居杭州，我懂得了有時也該停下腳步。以前，我覺得人生不是一味的朝前跑，追逐目標；現在我發現人生也不是貪戀沿途風景，終致眼花繚亂，心思紛擾。

人生可以簡單，但不貧乏。

人生也可能繽紛，卻疲累擾攘。

有時停下腳步，反而看得更清楚，對於世事，也對於自己。

上升的海平面

她應該往內陸高原尋一塊安身之處，不僅是為了躲避海水漫淹，說不定海水上升其實是成就了屬於她的傾城之戀。

新聞報導說，科學家們研究：海平面上升六公尺，紐約、東京和上海都會被海水淹沒。那時她正吃著冷掉的炸雞充當晚餐，聽到電視裡一臉正經的播報員用平靜但略帶遺憾的口吻說出這段推論。

她想，那播報員在不靠海的B市，所以有種事不干己的平靜。她不知道，其實那播報員已經四十多歲，他估計海水上升六公尺的事在近五十年內還不會發生，既然他有生之年看不見，所以有了事不干己的心情，婚姻不幸福的他完全不在意他死後還會發生些什麼事。

他們有不同的考量，他的出發點是縱向的時間；而她的出發點是橫向的空間，兩者間的交錯點已被他們同心協力抛在腦後。

於是，她計畫搬到山上去，最好是高原盆地，高原的風她受不了，高原上的盆地會好些，山上冰川融化的水在春天從她眼前流淌過，但要到下游才會漲起來，她的眼前還是一片清澈，還是冰封後融化出春暖花開的喜悅。

下了新聞播報台，他猶豫著是否要回家，他已經連續工作十二個小時，腦子整個停頓下來，不聽使喚。

十年前，他和當時正紅的女星結了婚，不知道羨慕死多少人，沒人知道往後十年他的生活波濤洶湧，沒有一刻消停，他不斷防堵妻子的緋聞外洩，到後來他已經心灰意冷，連緋聞是否屬實都懶怠查證，他不是沒想過離婚，卻又覺得不甘心正好遂了好事者的意，就拖著，擺出一副有信心且有風度的模樣拖著，心裡別提有多窩囊多憋屈。

她的生活裡連漣漪都少見，一逕的平靜無波，偶爾她不耐煩的自己投下一塊石子，勉強激起的漣漪也短暫得來不及記憶，便又風過水無痕。兩年前她突然被公司派駐沿海的S市，偌大的城市裡她一個朋友也沒有，生活裡只有自己，她以爲隨時間推演她自然會有新朋友，沒想到新朋友沒出現，倒是她適應了自閉的生活，當舊城市中的舊朋友逐漸將她忘記時，她孑然一身，了無牽掛。

終於，他妻子的緋聞不再風風火火沸沸揚揚，他想起少年夫妻老來伴這句話，他是個男人，一個有見識的男人，他不打算搗騰舊帳，他的妻子卻疑神疑鬼起來，脾氣爆烈如炭堆裡的栗子，不知何時要炸開。妻子的姊姊提醒他，怕是到了更年期，要他多體諒，他比妻子還大一歲，他的更年期誰體諒？保養得當的妻子依然丰姿綽約，水水嫩嫩，誰也不會覺得她有四十歲，一天就為了電梯裡一個小夥子喊了她一聲阿姨，她整個下午不吭聲，臉上貼著昂貴的面膜自顧自嘔氣。那一刻他覺得西方人不論長幼，管女人只叫小姐不是沒有道理，妻子確實不是那小夥子母親的姊妹，胡喊什麼阿姨。當然，讓妻子氣悶的還有另一個原因，小夥子根本不曉得她是誰，她已經五年沒有演出機會了，曾經有人找她演女主角的婆婆，被她一口回絕。她不紅了，年輕一代已經不知道她，就算她再鬧緋聞，也不會有人關注了吧；他卻依然戰戰兢兢，擔心醜聞可能提前將他拉下台，雖然他知道自己也坐不久了。

不耐煩時，他恨不得海水現在立時暴漲六公尺。

下了班，她不想回到住處，那是公司為她租的房子，一房一廳，房間裡衣櫥擺不下的衣服堆得到處都是，客廳裡書架擺不下的書和資料也堆得到處，間或還有拆開沒吃完的夾心餅乾。她不想看見滿室狼藉，卻也提不起勁收拾，現在她有更好的理由了，這一切都將被海水淹沒，她的房間，她的工作，她的人生，她忽然有點遺憾，不能說被淹沒的還有她的愛情。她沒有愛情，已經兩年了，確切一點說，兩年前的那一段也不能叫做愛情。只不過是有個男人對她好，中規中矩的髮型，中規中矩的衣著，中規中矩的言談，就連對她好的方式也是中規中矩的。她知道男人想要個中規中矩的人生，娶個太太，生兩個孩子，在好學區有一層四十坪的公寓，地下停車場裡停著一輛休旅車，平常接送太太孩子還有自己上下班，假日回老家看看父母或是出去郊外走走，沒有非分之想。她不是一定要有場驚心動魄轟轟烈烈的愛情，只是她覺得男人雖然對她好，但其實並不真的愛她，她只是他計畫結婚時所遇到的一個適合的女性，年齡、性別、學歷、家庭背景，當然也包括外貌，如果他遇到的不是她，而是別的相仿的女性，他一樣會去追求，就像是交配季節求偶的雄性動物，只不過是溫和有禮的那種。

接到公司外派令的那天，她在電話裡告訴了他，他問她，能不去嗎？她說除非辭職，他理智的建議考不考慮換個工作，那時他們認識才三個月，吃過幾次飯看過幾次電影到陽明山摘過一次海芋貓空喝過一次茶，沒見過雙方父母沒談過對未來的期望也沒接過吻，作爲以結婚爲前提的交往，路走了還不到一半，他計畫交往一年然後結婚，因爲沒把握，中規中矩的他當然不會爲了留下她，衝動的說出嫁給我吧。

她沒換工作，她離開T市一年兩個月後聽到他結婚的消息，剛聽到時，心裡悵悵的，可能是因爲異鄉的寂寞，也可能是潛在的生理規律暗示她該找個伴侶，她沒仔細分析，但是很快那些微的悵然也被拋諸腦後。今天看到海水正漸漸在淹沒陸地的消息時，她慶幸起自己沒有傻呼呼的貿然陷進婚姻裡，古人不是說海枯石爛嗎？她還沒經歷過這樣的愛情，總該有一次吧，在海水淹沒她所在的城市之前。

顯然古人說錯了，海不但沒有乾枯，還不斷上漲。

對於愛情，她突然有了渴望，她不知道在她有生之年，海水還不會覆蓋紐約和上海。

北島的詩：「卑鄙是卑鄙者的通行證，高尚是高尚者的墓誌銘。」在職場裡翻滾了十幾年，他早就看穿這一點，偏偏大多數人可憐卑微的在兩者間掙扎搖擺，既無法堅持高尚，也難以徹底卑鄙。

聽說自己即將從主播台上被撤換下來的那一天，他在電視上聽到飾演不得志基層幹部的男主角說了這麼一句話：「不看張三李四的臉色，也不向王五趙六訴苦。」這就是他現在的生活態度，從別人的口裡說了出來，他大爲驚詫，難道在這座城市裡有一狗票的人這樣過日子嗎？他還以爲自己有些不同之處。他拿起電話訂了一張前往世界屋脊邊沿高原的機票，妻子照例不在家，她有做不完的美體美膚活動，很久沒戲拍了，但依然熱中應酬劇組裡可能提供她新機會的人，那些人中大多數是她原本不屑一顧的。

他向公司請了四天帶薪年假，他以前從不請假，覺得自己一旦請假，誰都沒法代替他坐上主播台，主播台沒人，那新聞節目不得開天窗了啊？他曾經以爲自己是不可或缺的，至少在工作上。原來並非如此，他們早就想換掉他，只是拿下他之後，換上誰？公司裡的兩派勢力爭執不下。

在他的婚姻中，他早已明白自己並非無可取代；想不到，他投注了所有精力的工作亦復如此。

或者所謂的不可取代只是人生裡的一種奢望？根本沒有誰是不可取代的。

陌生城市裡的生活，寂寞如影隨形逼迫著她，如果是張牙舞爪暴力威脅還乾脆些，偏不是，像是梅雨季濕答答的潮氣沉默的注視她纏繞她沾黏她搔刮她。有一回，公司有個重要會議，她連續加了數日班，一天晚上離開公司，又餓又累的她覺得生活特沒勁，她想回去吃碗泡麵然後大睡一覺，突然她意識到自己正自言自語：「我要瘋了，我要瘋了，我要瘋了……」她被自己嚇了一跳，不會眞是要瘋了吧！念頭一出，她又陡然跌落，不會的，連自己都知道，只是我要瘋了，而不是我已經瘋了，現在的她就連跨過正常撲身瘋狂的勁都提不起來。

她作了一個夢，夢裡她站在山頂，紫色的花朵穿過她腳趾的縫隙爭相綻放，腳下的山被海水環繞著，海濤一波波湧起又跌落，在山坡上撞擊出白色蕾絲般的浪花。

醒來後的她，如獲神諭，她應該往內陸高原尋一塊安身之處，不僅是為了躲避海水漫淹，說不定海水上升其實是成就了屬於她的傾城之戀，她的戀情不在靠海的S市，老天要她往內陸尋。想明白了這一點，她請了假，今年她還沒休過假呢！因為不知道可以去哪裡？現在她有了目的地——內陸高原。

飛機，一架從B市起飛，一架從S市，前後相隔一刻鐘，落在同一座機場。先降落的那一架，行李的卸除耽擱了，結果下午兩點二十分，他和她同時站在行李輸運帶旁等行李。透過網路預定酒店，三點他們在櫃檯前辦裡入住手續，他摘下了躲避高原強烈紫外線的太陽眼鏡，咬著鏡架凝視著她，其實他根本不是真的注意她，只是在等待的空檔發呆。由於輕微的高原反應，下午他們各自待在房裡，傍晚六點打電話叫了客房服務，晚上九點因爲高原反應趨緩且在房裡悶了大半天實在無聊，不約而同出現在賓館的酒吧，坐在吧台邊上相鄰的位置，因爲除了吧台，店裡全是供六人以上入座的大桌。翌日，他們在賓館櫃檯服務員的推薦下參加了一日觀光行程，早上八點三十分在賓館門口等車，下午一點四十分在景區販賣部買了一瓶礦泉水，她發現他是除了自己之外觀光團裡唯一落單的人，下午三點十五分她請他爲自己拍照時，隱約覺得他有點面熟，卻想不起來在哪見過，於是在簡單歸因於自己記憶力減退後，便乾脆忘了此次相遇。

孤獨的站立在高原上，注視著山頂白雪，陽光閃耀幾乎讓人睜不開眼，天空展示著他從未見過的清澈湛藍，也許因爲高原上的人看不到海，上天便給了他們一大片藍天作爲補償吧！他突然下了決定，一回去就結束自己的婚姻，重新開始生活，他只要在床上遺落一枚陌生的耳環，透露出另一名雌性入侵的訊息，應該足以激怒驕傲的妻子，他就可以得到解脫。

她沒有在高原上遇到任何特別的人特別的事，難道神諭只是她的想像，反倒是回到S市，信箱裡已經有一封調派信在等她，她被調回T市，而且升職了。她匆匆整理行李，一連串忙碌的彙報會議和工作交接，令她暫時無暇想起海水上升的事。

三天後，他和她同遊高原的照片出現在一本專門報導名人緋聞的小週刊上，他的妻子刷一聲，將雜誌扔在他臉上，當他看清楚自己的照片，以及標題：名主播攜女友山中度假，他一時竟覺受寵若驚，他是知名主播嗎？他不是過氣了嗎？當過氣這兩個字浮現心頭，他恍然明白了妻子的悲憤，他還能出現在八卦雜誌上，還有人偷拍他的照片賣給雜誌社，而她的消息已經銷聲匿跡了許久。

他有點同情妻子的寂寞了。

「我根本不認識她。」他解釋，他知道沒人會相信，賓館櫃檯、酒吧吧台、景區販賣部、賓館門口，無意間偶然中交會的眼神全給鏡頭抓住了，恐怕連實境中的當事人在當時都沒留意到，如今色彩分明的相片裡卻儼然一對同進同出的親密情侶。

這下他連去買對耳環搞場騙局的把戲都省了。

他和妻子簽字離婚，這回兩人都上了報紙娛樂版，這條新聞究竟娛樂了誰？他不能確定，只知道緋聞不僅增加了他的熱度，他又穩坐主播台，雖然只是暫時；而他的妻子則拿到了新開拍電視劇的女主角，飾演一名中年失婚女子，並因此獲獎，演技更上一層樓，當然在她歇斯底里嚷嚷著離婚的時候，還無法預測離婚帶來的附加價值。

至於她，新聞披露報端的那天，她在返回T市的飛機上，既不知道有人因爲她而離婚，也不知道自己莫名其妙成爲緋聞女主角，她幾乎忘了短暫的高原旅行，以及曾經以爲可以遇到自己所等待的男人的妄想，就連在高原上買的一串不知眞假的天珠，也在匆忙的歸程中遺落。

人生有時是荒唐的，其中的荒唐總要等到回頭看時，才能窺出端倪。

一年後，她將調職B市，和上次的調職一樣，派遣令突然出現在她桌上，她一樣不情願，但因爲不是首發事件，那不情願似乎也不那麼理直氣壯。來到

B市後的兩個星期，她將再度遇到下了播報台轉任外資企業公關高階主管的他，不過，他們沒能認出彼此，沒發現曾在高原上遇到過對方，更沒意識到兩人還鬧了一場登上週刊的緋聞，他們禮貌的交換了名片，社交性的聊了起來，他們不記得共同的過往，至於未來，則還來不及發生。當然在這一刻，坐在香港機場候機室等待轉機的她並不知道，而在化妝間吹整頭髮等待錄影的他也不知道。

海水仍在上升，人們則正在遺忘。

寂寞培養皿

種子來自一座千年古墓？或者，種子來自外太空？
種子來自海底沉船？藏著已經在地球上滅絕了的生命……

每天早上八點十分，你都會準時打開實驗室的門，實驗室裡沒有刷卡機，等著你的是六只玻璃箱，裡面分別放著培養皿，玻璃培養皿裡躺著X種子和N種子，至於什麼是X種子？什麼又是N種子？你沒問，參與這一項研究計畫，你貪圖的是可以充分獨處，十坪大的實驗室，只有你一個人使用，每天你準時打開實驗室的門，然後檢查玻璃箱，恆溫恆濕，比例搭配完美的充足空氣，接著煮一壺咖啡，在電腦上記錄種子的變化，將紀錄寄到鍾博士的信箱，鍾博士是這一項研究計畫的主持人，除了面試時見過他一面，之後你再也沒見過他。

種子沒有任何變化，你來到這間實驗室已經一個多月了，每天觀察種子的變化，那暗褐色的種子卻完全沒有抽芽的意思，你每天發出同樣的紀錄，改變的只有上面的日期，這讓你覺得心虛，彷彿是你在敷衍，根本沒進實驗室，拿著昨天的紀錄又發了一次。

你左手握著咖啡杯，右手食指輕扣著玻璃箱，爲什麼要對這幾顆種子進行實驗，這是來到這間實驗室後你第一次好奇的猜想，種子來自一座千年古墓？你曾經看過一份研究，存置了五百多年的蓮子，給予了適度的水分和陽光，依然能夠發芽；或者，種子來自外太空？想看看外太空的環境對地球種子的改變；又或者這本就是外太空生物？這個念頭讓你略感不安，手指離開了玻璃箱，擔心突然從種子裡迸發的新芽，掙破玻璃罩，纏住你，你的喉頭發緊；又或者，種子來自海底沉船？奇蹟似的不曾讓海水浸蝕，種子裡藏著已經在地球上滅絕了的生命……你喝著冷掉的咖啡，胡思亂想著。才進入十一月，氣溫馬上降了下來，種子的玻璃箱有恆溫裝置，你的實驗室並沒有，你在大樓的布告欄裡看到通知，再過半個月大樓的空調才開始供應暖氣，天太冷，剛煮好的咖啡一下就冷了。

你為了離開住了七年的T城，所以寄了履歷應徵這份工作，在這一座城市裡，你不認識任何人，報到的第一天，你在實驗室往南走十五分鐘的大樓看到租屋的招貼，兩房一廳，廚房也有一扇大窗朝西，煮飯洗碗都可以迎著下午的陽光，你立刻簽了約。大樓朝西走五分鐘，有一條街，是這附近最熱鬧的街，一披薩店炸雞店湘菜館川菜館揚州菜館韓國料理日本料理麻辣火鍋蒙古烤肉，一家接著一家。一個人坐在餐館吃飯，讓你不自在，所以你總是打包帶回家，對著電視機，一邊喝紅酒，一邊吃。

紅酒讓你覺得不那麼孤單，但是你自己選擇這樣的工作，選擇離開，爲什麼你還會需要紅酒擺脫寂寞？你問自己。

爲什麼種子還不發芽？至於這個問題只能拋向空中。

有時候吃膩了餐廳的食物，你也自己下廚，做些滷牛腱咖哩雞培根義大利麵之類的，你還買了一本食譜，照著上面寫的做，學了不少新菜色，結果那一陣子，因爲連上餐廳點菜都不需要，你一連十一天沒說過一句話，超市裡亮白燈光映照著的冷藏櫃提供了你所需的一切，你靜默的將肉片蝦仁雞蛋番茄菠菜蔥薑蒜放進籃子裡，忽然想起前幾天看到植物病蟲害研究所徵助理的招貼，相關科系碩士畢業，諳電腦，英文讀寫流利，看到蟲子不會尖叫，你爲寫這則招貼的人慶幸著，他還沒在枯燥的實驗室裡失去幽默。

實驗室工作的第三十一天，你完全是因爲無聊，拿出了一只閒置的培養皿，放進一點培養土，然後將午餐後吃的橘子剩下的籽放在培養土上，澆一點點水，擱置在曬得到太陽的窗台，才七天，已經發芽了，過了十天，每顆裂開的種子都伸出兩片細小翠綠的葉子，你故意將橘子苗放在玻璃箱旁邊的窗台上，有著示威的意涵，玻璃箱裡的種子睡得也太熟了吧。

其實來到實驗室工作後，你每天睡著後都作許多夢，T城的生活繼續在你的夢裡延續，有時候你覺得夢裡的生活更接近現實，實驗室裡的一切，才是蒼白的幻夢，感覺不到時間流淌，如果不是室內氣溫降至了十四度，大樓依然沒有暖氣，你只能穿著厚外套圍著圍巾戴著手套發郵件給鍾博士，顫抖的感覺才能提醒你這不是夢。

第四十六天，你終於收到鍾博士的回信，他向你發出的第一道指示，一號箱四號箱的溫度由攝氏二十度調到十八度，三號箱和六號箱的溫度由攝氏二十八度調至三十度，二號箱和五號箱維持在二十四度不變，你依指示做了調整，就是那一天，大樓開始供應暖氣了，你終於可以脫下厚外套，不用在室內圍著圍巾，翠綠的橘子苗卻意外的在大樓溫度升高後的兩天枯萎了。

爲了維持每天兩次的記錄，你的工作即使週末也沒有休假，但是每天的工時很短，而且實驗室幾乎沒事可做，偶爾你會上網，大多數時候是爲了找資料，你也試過和別人聊聊天，虛構了自己的名字年齡資歷，但沒多久你就放棄了，你根本不想和人來往，現實生活裡不想，網路世界裡也不想。

只有在你的夢境裡，你的社交生活才熱鬧的上演著，就如你在T城時一樣，繽紛而忙碌。

來到實驗室的你像候鳥一般，白天是你的夏季，你朝北移動，晚上是你的冬季，你向南移動，間或在樓下的小街採買，也只是些食物日用品，實驗室裡白袍一穿，連新衣都無須添置了，你在想，如果以你的生活拍一部電影，那可眞是低成本的製作，一個演員的獨腳戲，只有大串內心獨白，但是夜晚的夢境要不要拍呢？如果要拍，場景就複雜了，各種風格的餐廳咖啡店夜店，流光晃動的街道，花影搖曳的廳堂，演員也成打成打的竄進了鏡頭，和白色的實驗室截然不同，或者只用口述，開始通常是這樣：我昨晚又在夢中回到T城。

你昨晚又在夢中回到T城，約了南南吃義大利菜，你的手機不斷的響，南南不高興的抱怨，他就坐在你對面，卻無法得到你的注意力，其實南南已經得到了你大部分注意力了，但他仍嫌不夠。打電話來的是櫻櫻，白天你在街上遇到她，只說了幾句話，她就哭了起來，你嚇了一跳，不敢多問，電話裡她向你解釋正爲憂鬱症看醫生，已經吃了三個月的藥；還有小威，他打電話問你晚上去不去西城，他準備了一瓶紐西蘭白酒，你一定喜歡；再有就是阿康，他說公司月底裁員，他在名單上，下個月老婆就要生了，問你知不知道哪裡要找人。南南說，如果他們要和你說話，就應該約你碰面，你無奈的回答，如果你和他們碰面，也許就沒空和南南吃飯了，南南於是賭氣，故意說那我再打電話給你，吵你們不能專心吃飯。

電話，也許就是電話讓你生活變複雜了，現在你沒有電話，你喜歡沒有手機的年代，打電話到家裡到公司找不到人，只能對著答錄機說或者再打，現在一定是改打手機，如果手機碰巧沒電，或者忘了帶沒人接，必然引起諸多揣測，彷彿已看見手機的主人正圖謀不軌。在實驗室的你，不需要電話，你和鍾博士只用電子郵件聯絡，指示你調整玻璃箱的溫度後，又是半個月沒有任何音訊。

不在實驗室的時間，你大多在家裡看電視，各種沒營養的肥皂劇，坐在電視機前面的你覺得自己提前開始了退休生活，這是若薇在公司勸退屆滿二十年年資員工後賦閒在家，得出的結論，你得學會看連續劇。一開始你不明白，過去你根本沒時間看連續劇，固定晚上八點至十一點坐在電視機前，對你而言不可思議，現在你才懂得看連續劇眞需要學，得學會有耐心，一旦學會了，就依電視節目表換台，八點在頻道41，九點在67，十點在39，再也不用拿著遙控器對著電視亂按一氣，找不到地方停。你想想，一個已經不再年輕的人，坐在沙發上悠閒的看電視，和拿著遙控器從頭按到尾，又從尾按到頭，何者比較淒涼？

以前你不明白的事還有很多，例如爲什麼放著精采又眞實的生活不去過，寧願守著電視機，現在你知道了，眞實世界裡的一切都是有代價的，即使你付得起，也徒然讓自己疲累不堪。但電視裡的是別人的生活，你只需要不花力氣在一旁看著，不想看了，啪搭一聲，關了就行，眞實世界可不能這樣，不管你多累，多不耐煩了，也無法走開。

你的夢境也是可以自行關掉的，就像電視劇一樣，只要你醒來，這讓你覺得安全而且沒有負擔。

你昨晚又在夢中回到T城，隨心所欲的和情人約會，他們不會忙於工作沒時間陪你，不會礙於其他女人必須欺騙你，也不會因爲同時約你而彼此忌妒，他們總恰到好處的出現，恰到好處的消失，就連你的情敵在夢裡也是優雅而和藹，遇到你時開心的邀你喝咖啡，你們因爲擁有同一個男人，成了親密的姊妹淘。

除了連續劇，你也看新聞，電視台播出的，網路上刊載的，王永慶去世的消息讓你感到傷懷，你覺得隨著他的離世某種重要的精神也隨之消失，除了獨到的經營眼光外，還有曾經一度被認爲是美德的勤儉，這些似乎都被遺忘了。你想，恐怕台灣再也不會有一個米店小夥計能成爲跨國企業家，躍上世界富豪排行榜。沒多久，你又看到保羅紐曼去世了，這消息讓你慨嘆，你想起小時候看的電影《虎豹小霸王》，那時的保羅紐曼多麼年輕，你永遠記得電影最後一幕，保羅紐曼和勞勃瑞福舉著槍衝進警察的包圍圈，奮力做最後一搏，企圖突圍，你感謝導演讓畫面戛然而止，沒讓觀衆看到他們倒臥在血泊中，全球許多觀衆都和你一樣感謝吧。其實你先看的是《刺激》，同樣是保羅紐曼和勞勃瑞福主演，《刺激》裡的保羅紐曼冷靜沉穩，迥異於《虎豹小霸王》的調皮，看了《刺激》後，你才看的《虎豹小霸王》，是經典老片捲土重來放映。現在保羅紐曼死了，童年時代的一些夢想、一些記憶似乎也都死了，當你還是個孩子的時候，你有過許多夢想，但你從沒想過自己長大後會成爲一名研究助理，終日待在白晃晃的實驗室裡。

進入冬天，雨一連下了半個月，伴隨著雨的還有霧，窗子看出去一片白茫茫，那白像是從實驗室裡漫淹出去的，沒有止境，看不到頭，雨並不大，但沒日沒夜的下，沉默中的你竟想起創世紀之初的那場洪水，每個古老民族都曾經在神話中提到。連日陰雨讓你更加不想出門，你在超市買回各種餡料的冷凍水餃，三鮮香菇薺菜韭菜豬肉牛肉，吃得簡單，讓你多出更多空餘的時間，你在夢裡回到T城的時間也更長了，夢裡的T城陽光燦爛。

你的夢，除了情人和情敵的部分，並不是你憑空杜撰的，而是拼湊了朋友給你的電子郵件，塡補進了生活，櫻櫻眞的罹患憂鬱症，阿康眞的失業，白天的你看了信，夜晚夢裡的你回到了他們身邊，你在乎他們，但是眞實停留在他們身邊時，又讓你感到疲累。

第七十二天，種子依然沒有任何動靜，它們既不發芽，也不腐壞，你收到鍾博士第二封回信，他向你發出的第二道指示，一號箱四號箱的溫度由攝氏十八度調到十六度，三號箱和六號箱的溫度由攝氏三十度調至三十二度，二號箱和五號箱依然維持在二十四度不變，你依指示做了調整。

隔壁實驗室突然空了下來，原本偶爾可以看到一個個子矮小戴著眼鏡的男人出入，現在也看不到了，雖然他從沒和你打過招呼，但是至少還是一個鄰居，現在連這個鄰居也沒了，不知道是他的實驗完成了，還是經費沒了，不得不終止實驗。其實你連他在進行什麼實驗都不知道，那個曾經張貼了看到蟲不會尖叫的招人啓事的實驗室，作的是什麼計畫你同樣不知道，你很少在這棟樓裡的走道上遇到人，每個人一旦進了自己那間實驗室，便像是飄浮太空的小小艙船，獨立密閉，互不往來，加上這棟實驗樓完全沒有公共空間，沒有餐廳茶水間販賣機，甚至洗手間也單獨附設在各實驗室裡。隔壁有人時，偶爾還可以聽到他開門關門的聲音，現在連這聲音都沒了，你猜想在你發現他搬走時，他可能已經離開好幾天了。你突然想起以前讀過的一篇小說，小說中的女主角連續幾個夜晚聽到細微的音樂聲，以為大樓裡有人和她一樣失眠，覺得長夜似乎不那麼孤單了，結果卻發現是她自己的一台錄音機忘了關，在抽屜裡反覆播著一張CD，幽微隱密的樂聲，還是來自她的書房，就連自己曾經稍稍感到不那麼孤單，都只是錯覺幻想。

冬天竟然如此漫長，你每天望著玻璃箱裡的種子，懷疑窗外蕭瑟的冬景，讓種子欲萌的青芽縮了回去，儘管有恆溫裝置也不管用。當然也可能是你的不言不語影響了它們，該讓它們傾聽點什麼，思索之後，你發現自己竟無話可說。

奇怪的是，你卻並沒有因爲三個月不交談而失去語言能力。

你曾經因爲右腿骨折，打了兩個月石膏，石膏拆掉後，右腿明顯比左腿細，你慌張的質問醫師，爲什麼會這樣？醫師好整以暇的回答，只要正常活動，沒多久兩條腿就會回復一樣粗細，不活動的腿部如此迅速失去了肌肉，你原以爲語言能力也當如是。

十二月的一天早上，你在住處的陽台發現了一張淺藍色紙條，寫著：「我但願從沒遇見你，老天卻沒給我選擇的機會。」你怔怔的望著紙條半晌，寫紙條的人和你最大的差別是他不甘心，你卻總是太輕易放棄，你不是不傷心，但你有更多其他顧忌。你猜想字條是樓上的鄰居激動之餘向下拋的，沒想到落在你的陽台上，你住在九樓，這幢建築一共十六層。隔了一天，陽台上又出現另一張字條：「我選擇離開，與他無關，而是你從不曾挽留我。」如果一個人眞心要走，能留住嗎？你思考著。於是你在電梯裡觀察起你的鄰居，猜測字條是誰扔的？隔了兩天，又出現字條了，這回寫著：「爲什麼即使從你身邊走開，我還是忘不了你，我能控制的只是我的身體，我無法控制我的心。」

是不是你也無法控制，所以你繼續在夜裡回到T城。

十二月二十三日，下起了雪，那雪直下到二十六日，實驗室延伸出去的白更具體也更徹底了。

平安夜過去對你是重要的日子，所謂重要不過是借宗教節慶狂歡，喝酒過量徹夜不眠是常態。今年不一樣，你一個人在實驗室，點起蠟燭，開了一瓶紅酒，用烤雞串佐酒，午夜十二點二十七分，你收到了鍾博士第三封信，他向你發出的第三道指示，一號箱四號箱的溫度由攝氏十六度調到十四度，三號箱和六號箱的溫度由攝氏三十二度調至三十四度，二號箱和五號箱依然維持在二十四度不變，你依指示做了調整，並且在十二點四十三分回信給他，祝他耶誕快樂。

一月一日，你收到了鍾博士的第四封信，這回他沒要你調整溫度，只說了句，新年快樂。

雪又開始下了，無邊無際，氣象報告說這雪將會持續一星期。你意外的發現氣壓式的洗面乳竟然因爲低溫凍結，按壓不出來，你於是在家翻找，還有哪些東西因低溫而凍結，沒有，玻璃瓶裡的水、洗髮乳、洗碗精全沒變化，你突然慶幸起水管裡的自來水沒有凍結，一扭開就嘩嘩的流。

經過寂靜漫長的等待，春天來的時候，你眞的感覺到了，就在三月十三日那天，實驗室外的桃花開了，市場裡水果攤擺上了草莓，陽台上沒有飄零的字條了，你猜想寫字條的人和收字條的人，都有了新開始，而你已經到實驗室一百六十八天，你簽的是一年的約，如今過了將近一半，玻璃箱裡的種子依然沒有發芽。

你想起曾經看過一篇報導，種子萌芽具有超乎想像的力量，可以將人類的頭蓋骨頂開，也就是說如果可以在人的腦袋裡放進一顆種子，那麼當種子發芽時，人的頭蓋骨便會掀開，好爲新抽出的嫩芽讓路。想起這篇報導時，你正無聊的坐在實驗室裡剝核桃吃，用小槌子輕敲核桃殼，然後從裂開的殼裡剝出核桃肉，核桃肉上的淺紋讓你聯想起人腦的褶痕，一陣噁心的感覺襲來，好長一段時間，你都沒法吃核桃。你原是在網路上讀到，吃核桃可以預防老年癡呆，獨居的生活極容易讓人對記憶起疑，你現在才發現，比如昨天看了什麼電視節目，前天晚餐吃了什麼，找不到的那瓶沐浴乳是忘了放在哪裡，還是其實根本沒從超市貨架上帶回來，這些瑣瑣碎碎的問題，你都無人可問，自己回想起來一開始是有確定答案的，想過幾回就又沒把握了。是前天晚上吃的義大利麵，還是大前天晚上，上星期在HBO看的那部電影，是克林伊斯威特和凱文科斯納演的，還是和布魯斯威利演的？因爲所有的事你都是自己一個人做的，發生懷疑時，自然也無人可以追問。

關於記憶，只要你一旦意識到了，記憶的覆蓋面就遠比你想像的廣。

來到實驗室後，你先是停止了化妝，後來有一天你突然發現，你甚至連鏡子也不照了，每天洗完臉，依序塗上面霜護唇霜，梳理長髮，然後用一支髮夾在腦後扣住，你沒有同事，這座城市也沒人認識你，你的模樣沒人注意，連你自己也不注意。你想起以前在T城，你的辦公桌上就放著一面鏡子，一方面隨時檢查臉上的妝沒有沾染，一方面也提醒自己保持微笑，你的職場人際關係一向處理得不錯。家中臥室還有一面落地穿衣鏡，出門前審視服裝搭配，浴室牆上則裝置了可以納入全身的整面鏡子，好確定自己的身材沒有走形。現在，你卻突然發現自己這半年沒照過鏡子，你幾乎想不起自己的長相，在T城許多電梯裡裝有鏡子，可是在這卻全成了廣告。據說有一種遺傳性的疾病，病症就是無法辨認面孔，不但無法辨認別人的，也無法辨認自己的，這種人穿上制服拍團體合照，拿到照片時，根本不知道照片裡哪個是自己，如果一群人坐在牆上貼有整面鏡子的房間裡，他得依靠揮手或做鬼臉等動作來尋找自己。

對於自己，你究竟還記得多少？

你看過一部法國電影，片名翻譯成《決戰帝國》，裡面的演員你只認得尙雷諾，電影的情節關係著一項換置記憶的實驗，女主角經過整形後住在一座龐大的實驗室裡，這整形不只是改變了她的長相，更重要的是她原本的記憶被刪除，灌入新的記憶，她生活中的一切都是假的，都是實驗的一部分，從親密的丈夫到僅止於認識的大樓管理員，全是實驗室安排扮演的角色。電影裡，人類不僅可以移植器官，還可以移植記憶，當然電影裡的女主角發現自己的記憶遭人移換後，非常憤怒，拚命找回自己失去的記憶，只是當她終於知道自己眞正的身分，卻發現眞實人生裡的過往記憶竟沉重到讓人難以承受，遠不如實驗室移植給她的新記憶。

這會是人類的新方向嗎？到了五十歲，發現自己的人生和年輕時的期望有太大的落差，就去修改部分的記憶，植入轟轟烈烈的初戀，爲夢想孤注一擲的輕狂年少，有了這些記憶後，是不是比較能接受自己的人生已經過了大半。

夏天愈來愈近了，空氣中聞得到一些端倪，實驗大樓外的花圃從三色堇換成了松葉牡丹，低矮的小草花，前者讓你聯想到一種細瘦小巧的猴子的臉，你曾在動物園裡見過，卻不記得品種名稱，後者和你的童年有著密切聯繫，那時流行過一陣清朝宮廷戲，戲裡的格格嬪妃，帽子上總有一朵鮮豔的複瓣花朵，層層疊疊的花瓣環繞一圈又一圈，和松葉牡丹的花型相仿，你摘下紫紅色的花裝飾在你用硬紙板爲洋娃娃做的帽子上，那個年代許多人家裡種了松葉牡丹，陽光下開得特別燦爛。

當然，你的童年已經過去很久了，花朵繁茂的五月，奼紫嫣紅塞滿眼，你的實驗室愈發冷清，玻璃箱裡的種子依然悄無聲息，完全不理會玻璃箱外四季流淌，無所事事的你坐在實驗室窗邊，讀著一本錢鍾書的散文集，你在路邊攤隨手買的，很可能是盜版書，書裡寫著：寂靜並非是聲響全無。聲響全無是死，不是靜；所以但丁說，在地獄裡，連太陽都是靜悄悄的。寂靜可以說是聽覺方面的透明狀態，正好像空明可以說是視覺方面的寂穆。寂穆能使人聽見平常所聽不到的聲息，使道德家聽見了良心的微語，使詩人們聽見了暮色移動的潛息或青草萌芽的幽響。

錢鍾書說，你愈聽得見喧鬧，你愈聽不清聲音。

逐漸升高的氣溫中，你突然喜歡喝冰茶，立頓紅茶包沖上五百西西熱水，兩分鐘後取出茶包，加一點冰糖和檸檬片，放進冰箱裡，一天你正喝著冰茶，一邊看電視，電視上的人說，對女人而言，愛情要就要全部，不然就什麼都不是，**all or nothing**，或許這就是你的問題，你並不想要全部，你也無法付出全部，你想大多數男人不能只愛一個女人，女人不如找兩個情人，從每一個人身上取一半的愛，加起來不也算一種完整嗎？

六月裡的一天，你難得有些變化，買了一盆茉莉帶到實驗室，據說茉莉的香氣有催情的作用，你在撩人的花香裡，打開電腦，讀完鍾博士給你的信，他說，實驗停止了，很遺憾花了九個月的時間卻徒勞無功，你隨時可以離開實驗室，只要將鑰匙交給管理員，後續工作他會處理，至於薪資，因爲是研究室提前解約，所以酬勞仍會繼續支付至九月。你盯著電腦好久回不過神，你失業了，這意味著你要提前回到T城嗎？其實你可以繼續待到九月，反正房子已租了一年，但你需要一個不回去的藉口，現在你失去了。雖然你有一種衝動，寫一封信問鍾博士，爲什麼不按原計畫執行，再給玻璃箱裡的種子一點時間，但你沒有這麼做，你甚至已經寫好了信，但是你沒有發，而是將你的這一項提議刪除了。

你其實不算眞正參與這實驗，對於這項實驗的目的，你可以說是一無所知，既然如此，又有什麼好堅持的，你默默望著玻璃箱裡的種子，很想取出它們，扔到窗外的花圃，眞正的泥土裡，也許一場夏日暴雨，眞正穿過氣層的大雨，就能喚醒它們。

一開始，因爲對於接下來的生活還拿不定主意，於是你假裝沒收到信，繼續每天早上出現在實驗室，打開電腦，煮一壺咖啡，但是實驗大樓的管理員在氤氳的咖啡蒸氣中來敲你的門了，他客氣的說，如果自己私人的東西收拾好了，只要將鑰匙交給他就行了，實驗室裡的設備他會處理。你點頭說好，緩緩喝下實驗室裡最後一杯咖啡，你的私人物品只有這一只上面彩繪了黑白花貓的咖啡杯和幾天前剛買來的一盆茉莉。

交出鑰匙的你，進不了實驗室了，卻仍在猶豫著何時離開，懶散的漫無目的的拖延著，眼看著六月就要過完了，你終於確定了回程機票的時間，午飯後，你邊用吸管啜飲可樂，邊隨意走著，習慣性的回到了實驗大樓，樓後方堆著幾只玻璃箱，你認出了那曾經是你日日看守的玻璃箱，現在裡面空無一物，你突然瘋了似的扒開玻璃箱旁黑色的塑膠垃圾袋，你看見散置的培養土，和如今已經分不清是X還是N的種子，你伸手撈出種子，做了你老早就想做的事，反正鍾博士已不要這些種子了，你將種子全數拋進了花圃，如今花圃換栽了瓜葉菊，粉白色的花朵歡快的綻放，那些種子墜地後立刻勃發，速度之快讓你大吃一驚，以至於日後你回想起這事時，總懷疑自己因為曬久了太陽產生幻覺，嚇了一跳的你不知不覺鬆開了手，可樂掉到了地上，你目不轉睛盯著新芽向上攀爬，不到一刻鐘的工夫，滿是厚厚的翠綠葉片，開出了碗大的紫色花朵，原來是牽牛花，你這樣想著，你守了大半年的種子原來是牽牛花，你若有所失的撿起地上的罐子丟進黑色垃圾袋，然後望著牽牛花發愣，你似乎忘了令人吃驚的不是它的品種而是它的成長速度。

三天後，你回到了T城，實驗室裡的一切，你從沒向人說起過。每天無所事事在T城晃蕩，對於未來你還沒有想過，連徵人啓事都沒開始看，一天經過花店，你在一盆矮牽牛前停了下來，老闆招呼你，這花最好照顧，即使從種子開始栽植，沒有園藝經驗的人也能應付，你想起實驗大樓外花圃的那一幕，突然覺得也許那眞是一場夢，過去在實驗室裡待的這大半年全是一場夢，並沒有眞正發生過。

一個人獨自拋出種子，一個人看見花開，只有你一個人。

哎，一個人的記憶，該怎麼說呢，是眞還是夢？完全沒有依據，你怎麼說怎麼算，但也同樣讓人起疑，連自己都難以確定。就在這時候你的電話響了，當你獨自站在街上，站在一株牽牛花前，喂，你說，電話那頭傳來高八度的聲音，你怎麼沒打電話給我，你不是一回來就應該打電話給我嗎？是南南，電話把你往回拉，從迷離夢境回到了現實，南南說他馬上出來，半個小時後在老地方見，不等你回答，電話就掛了。

你從矮牽牛旁邊走開，你回來了，直到這一刻，你才清楚的意識到，你是眞的回來了。

夢著醒著

夢裡的她老是想吐，她其實不知道嘔吐在夢中的感覺竟然如此真實，夢境應該只是腦波活動，醒來後的她卻因為在夢中嘔吐覺得渾身乏力，胃也掏空了一般。

筠琦睜開眼，陽光已經從落地窗外的陽台移到另一間房的窗玻璃上，她躺在床上望著亮閃閃的反光出神，一下子還沒法從夢境回到現實，她夢到自己在海邊，赤著腳走在橫木鋪成的步道上，粗糙的木頭和風吹來的沙粒，讓她的雙腳發疼，她卻不能停下來。

那是一座渡假村的私人沙灘，她下榻的小屋還在前面，她不知道自己爲什麼沒穿雙鞋就出來了，又或者鞋子遺落在沙灘某處，已經被潮水捲走，她忍著痛，走到小屋前面，從口袋掏出鑰匙開門，門被推開的剎那，她嚇了一跳，屋裡坐著一個男人，正慢條斯理的喝茶，她走錯房間了嗎？還是男人闖入了她的小屋？

「你去哪了？我一醒來就看不到你？」男人說，他們認識，至少在夢境裡認識。

「隨便走走。」她心虛的說，因爲一下子想不起男人是誰，住在同一間屋裡的男人，應該和她的關係很親密，怎麼會想不起來？

「怎麼不叫醒我？餓了吧？我可是餓得前胸貼後背了，我們出去找點好吃的。」

筠琦偷偷打量男人，壯碩的身軀，厚實的胸膛，肚子雖然不至於往外挺，但是和他說的前胸貼後背還有一大段距離。

筠琦隨男人走出小屋，她已經穿上一雙柔軟的涼鞋，渡假村四處栽植著鮮豔的木槿花和九重葛，他們在熱帶，大廳裡飄蕩著彩色的布招，可能是在印尼吧，工作人員膚色黝黑，張著一雙大眼睛衝著他們微笑，陽光漂浮在遠遠的海面，就像是現在眼前的窗玻璃般閃耀出晃動的光芒，她不能確定是清晨還是黃昏？但她也感受到飢餓。

筠琦從床上坐了起來，拿出冰箱裡的冷凍義大利麵，放進微波爐，然後開始沖咖啡，咖啡的香味將她一點一點從夢境拉回現實，她吃著微波加熱的義大利麵，翻看著桌上一疊資料，下午她要和人開會，醒著時的她可不像夢裡那般清閒。

她打開手機，檢視留言和簡訊，喝完兩杯黑咖啡後，開始梳洗更衣，準時十一點進入公司，通常她會一直工作到晚上七點，整整八個小時，她不吃午餐，更準確的說，她習慣早餐併著午餐一起吃。

下午的會議進行得很不順利，直到六點依然無法達成協議，筠琦的老闆不耐煩的抽著菸，他的手機轉成震動，五點半開始，隔不多久黑色的手機就在深棕色的桌面上哆嗦一陣，他拗著不接，任它搖搖晃晃發出惱人的嗡嗡聲，手機第一次哆嗦時，同事們靜下來等老闆接聽，一陣陣抽搐似的嗡嗡聲，在桌面上晃盪開來，他不接，接下來，大家就假裝沒留意到手機又有來電，恢復熱烈討論，直到六點，他突然接了，放棄了原本無謂的堅持。

「在開會……嗯……好，就這樣……我馬上過去。」

聽到馬上過去，大家立刻鬆了一口氣，有人立即在桌面下向會議室外發簡訊，只有筠琦覺得苦惱，會議沒有達成結論，這意味著明天還要開會。

「大家針對提出的問題再想一想，明天重新擬一份企劃案。」老闆說，這是筠琦最討厭聽到的結論。

回到自己的座位，筠琦打開因爲開會而關機的電話，沒有留言，沒人約她晚餐，她突然有點懷念夢裡壯碩的男人，厚實的胸膛和臂膀。筠琦一邊想著，一邊在電腦上將剛才會議中提出的可行和不可行的種種原由，作了簡單的歸納，然後修正原來的企劃案。

「不用改了，問題根本不在這，走，吃飯去。」大劉站在她身後說。

筠琦在電腦上作業時，最恨別人站在她身後，她的隱私被侵犯了，電腦螢幕上的一切無所遁形，可是這是辦公室，不適合表明自己的喜惡，穿著皮鞋無聲走在地毯上的所謂同事，每天清醒相處時間遠超過家人，事實上，他們也不在乎別人的喜惡。

筠琦存下資料，關上電腦，不搭腔，大劉希望她開口問，她知道，但不想。

「吃石鍋拌飯去。」大劉說。

筠琦看了一眼腕錶，七點半，回家她會微波一盒炒飯，對著電視吃，並不比聽大劉說辦公室八卦差，但是熱騰騰鮮辣的豆腐鍋勾起了她的食欲，就聽聽他說些什麼吧。

他們在公司附近一家明亮簡單的韓國餐廳坐定，石鍋拌飯只是韓國菜的代名詞，他們並沒有人點，大劉點了牛肉定食，筠琦是豆腐鍋，服務生迅速擺上四小碟泡菜，大劉又要了一瓶眞露酒，給筠琦也倒了一杯。

「老闆有麻煩了，他陷在兩個女人間脫不了身，家裡的，外面的，他今天躁得很，根本無心開會，今晚如果能擺平其中一方，明天企劃案準通過，企劃案內容本來就是照他意思擬的，只是他這會兒正不痛快，也不想別人痛快。」

大劉的八卦毫無新意，筠琦喝一匙湯，又熱又辣的感覺，讓她確實知道自己活著，她不喜歡少量多餐，喜歡餓得飢腸轆轆時再飽餐一頓，那種感覺很實在，比活著的感覺還要實在。

大劉向她舉杯，基於禮貌，她只好拿起杯子回敬，然後喝了一小口，她其實不喜歡有人打斷她進食。

「外面的那個女人你也認識。」大劉起了話頭，很明顯的是等筠琦問。

筠琦嚥下口中食物，舉起杯子，代替那個疑問的「誰」字，喝了一口酒，示意他往下說。

「就是史蒂芬的文小姐，所以我們的案子給史蒂芬做。」大劉喝乾了杯中的酒，又倒了一杯。

是文茜茜，筠琦楞了一下，很短暫的一下，大劉絲毫沒有發現。

「所以今天的案子沒問題，問題出在不能再給史蒂芬做了，老闆今晚安撫成了，心裡盤算好給誰做，明天會議就會通過，你改個樣子就行了，別太費力，都只是白工。」

大劉倒是替她著想，吃完飯，兩個人去搭地鐵，然後在線路重疊的轉乘站分手。筠琦望著黝黑的窗外，公司裡沒人知道她和文茜茜在大學時代就認識了，不過，她們可不是什麼手帕交，她們是情敵，文茜茜搶了她交往三年的男朋友皓平，害她孤單的畢了業，連畢業舞會也因爲沒有舞伴而缺席，畢業典禮沒人爲她拍照，也沒人送花，有時候她覺得自己恨文茜茜，是因爲文茜茜在大四下學期的熱鬧喧騰中讓她落了單，更甚於她搶了她的男朋友，如果文茜茜早點橫刀奪愛，至少她還來得及另起爐灶。

今晚筠琦有了新的想法，文茜茜主動勾引皓平，也許也是爲了不想隻身橫越大四下的熱鬧喧騰。

夢境裡，筠琦又來到海邊，壯碩的男人坐在她身後，讓她靠在他胸前，海風迎面吹來，她的肌膚絲毫感受不到熱帶氣候的黏膩，在那片刻筠琦是幸福的。

夕陽一吋一吋跌入海裡，男人站起身，一手拉起筠琦，說：「到街上逛逛，明天要回去了，你要不要挑幾樣禮物送朋友？」

男人是皓平，夢裡的筠琦並不覺得驚訝，她拍了拍裙子後面沾的沙，挽著皓平的手臂走向小街，筠琦買了蠟染的桌巾和許多銀飾，他們是來度蜜月的，應該多選些紀念品，筠琦想起了許多事，他們在台北的家，還有婚禮前的種種爭執，總算塵埃落定，不論滿不滿意，都告一段落了。

天黑之後的小街，亮晃晃的到處是燈，鮮豔的商品懸掛在眼前，讓人眼花撩亂，皓平說：「給媽挑樣禮物吧。」

皓平的媽，他們之間種種爭執都少不了她，筠琦花了所有力氣抗拒，才終於讓皓平的母親勉強接受皓平婚後不住在家裡，但是隨著皓平要搬出她的屋子，她也將她的掌控伸入了筠琦的屋子，從冰箱到洗衣機，她統統有意見。

「靠墊套，怎麼樣？」筠琦問，她希望在他們兩人的生活中，她的婆婆出現的時間愈少愈好，哪怕只是在口頭上提及，往往也能引起皓平和她之間的意見不合。

「太鮮豔了，和家裡的布置風格不一樣。」

筠琦閉上嘴，讓皓平自己決定，最後皓平選了一座小型木雕，一個在肩上扛了一只簍子的長頸子女人，筠琦可以預測那木雕的下場，藏進儲物櫃裡不見天日，但是當婆婆從皓平手裡接過來的那一刻，卻會聽到她發出由衷的讚嘆，她以她的方式不讓兒子失望。

他們離開熱鬧的街，往飯店走，「你哼的是什麼？」

筠琦意識到自己正唱著一首歌：「我們曾有過一次幸福的機會，當玫瑰和諾言還沒枯萎……」

這是他們的蜜月，唱這首歌似乎不太合適，筠琦停了下來，說：「沒什麼，隨便亂哼。」

「你的心情似乎不錯。」

「當然囉，有你陪我啊。」筠琦說，她不願意輸給皓平的媽媽，她要讓皓平覺得和她在一起才是眞正的幸福。

鬧鐘還沒響，筠琦已經睜開眼，她按下鬧鐘，還沒從濱海觀光夜市中回過神，她依然可以感受到鹹濕的空氣。

大劉說的應該沒錯，會議進行一個小時就結束了，承包單位換了，不再是史蒂芬，換了一家新公司海威，老闆交代筠琦下午和他們開會，不要讓進度落後。

下午，海威的人來了，端端正正坐在會議室裡，筠琦和大劉走進會議室，每個人面前放了一瓶礦泉水，大家交換名片，行禮如儀，心照不宣，來人依然是文茜茜，爲了瞞著老闆的太太，他們乾脆另外登記了一家公司。

離開學校後，這是筠琦第一次和文茜茜碰面，之前筠琦因爲聽說文茜茜在史蒂芬，一直避免接觸，這回眞是失算，換湯不換藥，想甩掉文茜茜可沒這麼容易。

會開完，文茜茜大方的過來和筠琦寒暄。

「老同學，有沒有空賞個臉，一起晚餐敘敘舊。」

筠琦很想推掉，又不願意示弱，硬著頭皮答應了，走出會議室時，她看見大劉一臉尷尬，他沒想到文茜茜竟然是筠琦的同學，如果他知道，她們另有一層更深刻的關係是情敵，應該會舒坦些。

文茜茜開車來的，她帶筠琦到了城市的另一端，是家義大利餐廳，點了菜，又點了紅酒。

「你還要開車。」筠琦阻止她。

「不礙事，待會兒喝杯咖啡，再多喝點水，就行了。」

菜還沒上，文茜茜直爽的說：「我想我和你老闆的事，你已經聽說了，你不知道的是，一畢業我就和皓平分手了。」

筠琦不吭聲，因爲不知道該作何反應。

「當年我橫刀奪愛，你可能恨過我，但是都過去了，一笑泯恩仇吧。」文茜茜舉杯。

筠琦拿起杯子喝了一口，文茜茜選的酒不錯，但還需要醒一會兒。

文茜茜約筠琦吃飯，要談的當然不是皓平，他早已經是過去式，現在她在意的是筠琦的老闆傑瑞。

「我知道傑瑞很器重你，常說你是他最得力的助手，我們倆的緣分也眞奇怪，你總和我的男人有關。」

筠琦依然不搭腔，即使這樣的態度顯得不誠懇，她也不想理會。

「我們兩家公司的合作，當然其中有傑瑞照顧我的成分，但是說實話，我也是盡心盡力，魚幫水，水幫魚……」

「你放心，我不會公報私仇。」筠琦打斷文茜茜。

文茜茜先是一楞，接著嘆了一口氣，說：「到底是老同學，可以說知心話。」

筠琦聽不出來文茜茜是嘲諷還是感嘆。

兩個女人吃著喝著，偶爾聊起些學校的舊事，同學的近況，反倒是皓平現在怎麼樣，兩個人都不知道。

餐廳裡有現場鋼琴演奏，《冬季戀歌》剛彈完，另一支抒情曲叮咚傳出，好熟悉的音樂，筠琦有一點酒意了，是什麼歌？歌詞就在嘴邊了，卻又想不起，她唱過的，她明明唱過，怎麼就想不起來呢？

「知道這首歌嗎？我們曾有過一次幸福的機會，當玫瑰和諾言還沒枯萎……」

原來是這首歌，大概是唱KTV時點過，筠琦忘了昨夜的夢。

「皓平曾經是你的幸福，也曾經是我的幸福，不知道我們是不是眞的錯過了什麼？」文茜茜望著筠琦，眼神愈望愈遠，終於遠得彷彿筠琦不存在。

一連幾天，筠琦睡得都不好，夢裡的她老是想吐，她其實不知道嘔吐在夢中的感覺竟然如此眞實，夢境應該只是腦波活動，醒來後的她卻因爲在夢中嘔吐覺得渾身乏力，胃也掏空了一般，終於，筠琦在夢中去了醫院檢查，她懷孕了，應該是在濱海的旅店中有的，她並不感到高興，她和皓平之間還有許多問題，她在此時懷孕，三個人的問題霎時變成四個人的問題。

皓平倒是很高興，他以爲筠琦當了媽媽，就會明白做媽媽的心理，而他的媽媽專注在他身上的注意力也會移轉一部分到即將出世的孫子身上。

皓平可能太樂觀了，筠琦因爲害喜，情緒變得不穩定，皓平爲了減輕筠琦的負擔，每天接送筠琦上下班外，也儘量完成家務，一天晚上，筠琦突然想吃蚵仔麵線，皓平看筠琦晚餐幾乎沒胃口吃任何東西，立刻出去夜市買，媽媽的電話這時候來了，發現他在夜市爲筠琦買消夜，便埋怨道：「哪個女人沒懷孕過？害喜是很正常的，她也太嬌了，你上了一天班，夠累了，她怎麼不懂得體諒你。」拎著麵線站在人潮擁擠的小街上，皓平開始爲自己原本的天真感到憂心，也許他的問題不但沒有緩和，反而還有擴大的趨勢。

辦公室裡的一切仍在繼續，工作進度、蜚短流長、逢迎咀咒全都沒落下。

「你的臉色不好，怎麼回事？太累了。」大劉問。

「沒睡好。」筠琦回答，不知道是不是喝了太多咖啡，咖啡因讓她反胃。
「失眠？」大劉問。
筠琦搖搖頭，換了個話題：「海威的工程進度沒問題，下個月應該就可以完工了。」
「你和文茜茜很熟，以前沒聽你提過。」
筠琦想這才是大劉想說的，她避重就輕的說：「只是同學，在學校就沒什麼來往，畢業後完全沒聯絡，如果不是那天開會遇到，我幾乎忘了。」
「她和老闆……」
「她沒和我提，我當然是裝著不知道。」
「對，這樣最好。」
夢裡的胎兒正悄悄在筠琦的體內生長。
皓平的車子在樓下等，因爲沒有停車位，只好繞著筠琦公司轉圈子，筠琦下樓，剛好看見皓平車子開走，等了將近十分鐘，他才兜回來。

「生日快樂。」筠琦一開車門，皓平便搶著說。

筠琦坐進車子裡，後座放了一大捧玫瑰花，濃濃的花香嗆得筠琦作嘔，她勉強忍住。

「我在餐廳訂了位置，明年你生日，我們就要三個人一起過了。」

筠琦一點都不覺得快樂，下班前接到皓平母親打來的電話，提議孩子生下來之後由她來帶，比交給保母放心。

「乾脆你們兩個人也搬回家來住，就更方便了。」

筠琦放下電話，一隻手無意識的放在小腹上，懷孕才四個月，小腹依然一片平坦，她不能將孩子交給婆婆，她要保住自己的生活，還有五個月，她會想出方法的。

他們在皓平跟筠琦求婚的餐廳吃完飯，皓平選了蒂芬尼的銀鍊給筠琦作生日禮物，筠琦戴上項鍊，冷涼的感覺緊貼著肌膚，逐漸和體溫密合，餐廳裡柔和的光線，讓筠琦暫時感到放鬆，偏偏皓平的電話在這時候響了，她直覺是婆婆打來的，果然，她說家裡的水管壞了，要皓平過去看看，皓平沒說他們在外面吃飯，他把筠琦先送回家，就去婆婆家了。

筠琦一個人坐在沒有開燈的客廳，皓平買的玫瑰花就擱在茶几上，她安靜的坐著，再一次疑惑著嫁給皓平的這個決定，突然一陣噁心，她跑到馬桶邊，晚餐全吐了出來，她用冷水洗了臉，然後拿出一支花瓶，注滿清水，將玫瑰花放了進去，直到她在自己的夢裡沉沉睡去，皓平還沒回家。

「你猜我昨天遇到誰？」文茜茜在電話裡說，她的語氣神祕兮兮的，隱約又透露出促狹的味道。

「誰？」筠琦其實沒興趣知道，只是配合文茜茜發問。

「阿偉，記得嗎？皓平大學時代的死黨。」

「記得啊，他還好吧。」

「他現在住美國，回來探親，前天才去皓平家吃飯，皓平結婚了，老婆生了兩個女兒，說不想再生了，可是他媽堅持要他生一個兒子，常常吵，還好我們沒和他在一起。」文茜茜的興高采烈有些幸災樂禍的意味。

筠琦有些恍惚，覺得自己變成了那個嫁給皓平的女人，她似乎從某個她沒注意到的時間點上分裂成了兩個人，一個是現在的她，一個嫁給了皓平，兩種截然不同的生活同時糾纏著她，嫁給皓平的那一部分還要更眞實一些，文茜茜不會懂得，她也不能說，她不願意文茜茜誤會她對皓平舊情難忘。

筠琦對皓平，現實世界裡的舊情早已磨損，夢境裡的新怨還在不斷累積。

果然，皓平的媽媽向皓平提出，要他們搬回家的事，皓平爲難的夾在中間，他不懂，筠琦並沒有和媽媽發生過不快，爲什麼執意不肯同住，搬回家裡由媽媽照顧孩子，不但省心省事，也省下不少開銷。筠琦卻已經明確感覺到婆婆不斷介入她的生活，終於她會像是這個家的外人，她的生活不能由自己掌握，只能配合皓平和婆婆的習慣，從孩子出生後該趴著睡還是仰著睡，到該吃什麼副食品，甚至念哪一所幼稚園。

筠琦在夢裡苦惱著，她的肚子逐漸隆起，已經可以感覺到孩子踢她，她就要當媽媽了，卻不覺得高興，她懷疑這樣的生活眞的是她想要的嗎？

鈞琦知道夢裡的自己所面臨的狀況，夢裡的鈞琦卻無從得知現實中的鈞琦心裡的感受，雖然人人的夢境都是如此，鈞琦每想到這一點，卻還是感到惶惑，她像是分裂成A、B兩個人，A無法幫助B，連自己都沒法幫助自己的時候，該怎麼辦呢？

海威的案子完成了，在新的案子開始前，她和文茜茜原本沒有聯絡的必要，但是文茜茜每隔幾天就會打電話給她，也許她沒什麼朋友，很高興和鈞琦重逢吧，和同一個男人交往過的基礎，使得文茜茜相信她們應該是合得來的，她打電話給鈞琦，偶爾也吐露心事，大部分是她對鈞琦老闆矛盾的情緒，在不好意思推託的情況下，鈞琦也會和文茜茜一起吃飯或喝咖啡，其實鈞琦也沒什麼朋友，但她已經習慣獨來獨往的日子，她的生活簡單到只剩工作，她煩惱的是夢中的自己該如何拒絕婆婆介入她的生活，但是她不能對文茜茜說，所以和文茜茜碰面時，總是文茜茜發牢騷，鈞琦聽，鈞琦不想知道太多文茜茜和老闆的私密，這讓她在面對老闆時感到尷尬，文茜茜卻顯然沒有這一層顧慮。

隨著夢裡的筠琦距離預產期的日子愈來愈近，現實生活中的筠琦也愈來愈焦慮，一天，文茜茜約筠琦吃印度菜，筠琦一邊切著盤子裡的優格烤雞，一邊假裝不經意的問：「你覺得我們有辦法傳遞訊息給夢裡的自己嗎？」

「我不知道有沒有辦法，但是爲什麼要傳遞？那只是夢，又不是眞的。」文茜茜說。

「可以減少夢裡的焦慮啊。」

「現實生活的焦慮都解決不了，你還有空擔心夢裡的焦慮。」文茜茜不以爲然的說。

「你想想看，我們一生中有三分之一的時間在作夢，你怎麼能肯定現實生活比夢重要？」

「我們是有三分之一的時間在睡覺，不是三分之一的時間在作夢，淺眠期才有夢，那不過是一種腦波的活動，人會保護自己，所以遭遇緊急狀況時，就自動嚇醒啦。」

筠琦用力切著優格烤雞，不說話，她後悔自己和文茜茜起了這個話頭，早知道她不會明白。

「你是有心理困擾，還是太閒了？」

筠琦依然不說話。

「我有天在永康街遇到皓平和他老婆，你知道嗎？他老婆長得和你很像，如果不是我和你有來往，眞會以爲你們復合了，她和你念大學時一樣，燙捲的長髮綁成公主頭。」文茜茜換了新的話題，她不知道，這個新話題和筠琦的夢有著密切的關係。

「你們打招呼了嗎？」

「嗯。」

「他是不是很驚訝？」

「他？你說哪個他？皓平還是他老婆？」

「當然是皓平。」

「碰到我還好，但是我告訴他現在和你是朋友，他很驚訝。」

「你們提到我了？」

文茜茜點點頭。

「他怎麼說？」

「說找一天大家聚一聚。」

「神經病，有什麼好聚的。」

「我騙你的，當著他老婆的面，他什麼都不敢說。」文茜茜歪著頭，眨了眨眼睛：「他一定是對你舊情難忘，我當初不該拆散你們的，罪過罪過。」

「你又胡說什麼？」筠琦急著想撇清，低聲罵道。

「我沒胡說，不然他怎麼娶了一個這麼像你的女人，分明是移情作用。」

「那只是湊巧。」筠琦隨口敷衍，皓平眞的是因爲忘不了她，所以娶了和她相像的妻子嗎？

「你不怪我就好，那天我看到皓平的老婆，對你們兩個人都感到抱歉，如果不是我橫刀奪愛……」

「如果我和皓平眞的有緣分，就不會被你拆散了。」筠琦說，這一句話倒是眞心的，和皓平分手後，她反覆告訴自己許多次。

不知道爲什麼？筠琦在夢境裡的時間感亂了起來，她先是覺得自己快要生了，後來又發現身邊有一個三歲的小女孩叫她媽媽，而她的肚子依然隆起，她不是才剛結婚嗎？時間在她不注意時，消失了嗎？

跳動的夢境讓筠琦不安，她無法理清自己的處境，她已經有兩個孩子了？她似乎失去了自己的人生，在夢境中跳動的畫面，她看見自己彷彿一顆旋轉不停的陀螺，平日做著不喜歡的工作，晚上有忙不完的家事，假日要帶孩子出去玩，婆婆說是幫她帶孩子，結果比托給保母還累，下了班還要聽她抱怨帶孩子有多辛苦。孩子病了，婆婆不帶孩子去看病，一定要筠琦請假帶孩子看病，如果皓平去，她就會埋怨筠琦不懂得體諒皓平，筠琦賭氣說乾脆辭掉工作，在家當全職主婦好了，婆婆又說，現代的女人不比她們當年，可以追求自己的成就，放棄太可惜了，筠琦心裡明白，婆婆是不捨得家裡的經濟重擔全落在皓平肩上。

夢裡的筠琦充滿無奈，連夢都沒法擁有。

夢裡糾結的處境，讓筠琦醒來後總是感到疲累不堪，彷彿昨夜眞的有兩個孩子由她照顧，原本自由自在的單身女郎生活，卻因爲一場夢讓她憔悴。

「你該不是在兼差吧？」大劉湊近她身邊問。

「我還沒到想錢想瘋了的地步。」筠琦沒好氣的說。

「睡不好的話，找醫生開點藥。」

筠琦不理會大劉的提議，她不喜歡現代人老是用藥物解決問題，她想去看看皓平，當然只是偷看，自從文茜茜提起遇到皓平之後，這個念頭不時出現在她的腦海，皓平的老婆眞的很像她嗎？她想如果親眼看到皓平和他的老婆，也許這一場夢境就會消失。

文茜茜說是在永康街遇到皓平，他會不會就住在那附近呢？整個週末筠琦徘徊在永康街，直到街上從熱鬧到沉寂，她才離去，卻一無所獲，守株待兔不是辦法，她得打聽清楚皓平住在哪？筠琦找出畢業紀念冊，打電話到他老家，他沒搬家，她佯稱要辦同學會，需要更新聯絡資料，問到了他現在的電話和地址，有了確實的地址，筠琦卻又猶豫了，一連好幾天，她都沒有勇氣到皓平樓下，她其實已經不再愛皓平，她怕的是什麼呢？她知道今天晚上獨自在家，心裡是不可能安靜下來的，爲了擺脫糾纏她不肯罷休的念頭，她首次打電話給文茜茜，約她晚餐，文茜茜說，晚上筠琦的老闆要去她那兒，筠琦只好作罷，整個下午，她又陷入了下班後要不要去皓平家樓下的糾結裡，直到下班前接到文茜茜的電話：「我來接你，他不來找我了。」這個他指的當然是筠琦的老闆。

七點整，文茜茜說已經在樓下，筠琦收拾好東西下去，正好看見老闆帶著老婆兒子走出大樓，文茜茜恐怕也看到了，他兒子來找他，一家人要去看電影，這就是他臨時取消和文茜茜約會的原因。

「吃什麼？」文茜茜問。

「你決定吧。」

文茜茜帶筠琦來到一家日本料理店，逕自點了一桌子的菜，還有一瓶純米吟釀，她夾起一塊鮪魚生魚片，沾滿了芥末，放進嘴裡，直辣出眼淚來，兩個女人一起喝酒，準是有心事，文茜茜的心事，沒對筠琦隱瞞，筠琦的卻不能說。

「他有老婆有孩子，我知道，也從來沒期望他離婚，但是我最恨他騙我，他先說來找我，後來又說臨時要應酬客戶，結果是陪老婆兒子，他可以直說啊。」

「他騙你也是怕你難受。」

「也許是怕我和他鬧。」

筠琦不語，顯然爲這事他們已吵過許多回。

「如果我知道，就不會去接你下班，還好我沒下車，遇到了多尷尬，他太太可能以爲是我纏著他。」文茜茜又夾了一塊生魚片，用手背擦眼淚，像個孩子似的。

「你這樣擦，待會兒妝都花了。」

「沒關係，是防水的。」

「睫毛膏和眼線防水，眼影呢？」

文茜茜噗嗤一聲，破涕爲笑，拿起一張紙巾，輕輕按去淚水，咕噥著：

「女人眞麻煩。」

「我們老闆一定也深刻體認到了。」

文茜茜哼了一聲，提高聲音說：「你向著誰？」

「一個是發我薪水的老闆，一個是搶我初戀男友的壞女人，你說我向著誰？」筠琦開玩笑。

「你總算說出眞心話了。」

「說眞的，爲什麼你不找個沒老婆的男人談戀愛？」

「我姊姊結婚前很漂亮的，結婚後忙孩子、忙婆家，你知道人際關係是最難搞的，尤其是家庭裡的關係，所以才說清官難斷家務事啊，我姊夫又不是個周到的人，姊姊還要在娘家幫他做功夫顧全自己的面子，結婚才五年，就老了十歲，看她這樣，心想我可不要結婚，自找麻煩。」文茜茜感嘆的說。

「不結婚也可以，但是你找個對方也不想結婚的，不是比較好？」

「有時候遇到了，也由不得自己。」

夢裡的筠琦更明白這道理，人生中許多事是由不得自己的，她並不是希望皓平不要孝順婆婆，母子感情好，一家人才和樂，可是，有些小動作確實讓筠琦不自在，比如說吃飯時，婆婆夾了一塊肉，咬了一口，說太膩了，就把吃剩的半塊肉放進皓平碗裡，那神氣竟是有撒嬌意味的；或是假日皓平帶筠琦去喝茶，接到婆婆的電話，他一定不提是和筠琦外出，有時筠琦覺得自己是皓平的外遇，在他媽面前見不得光。

筠琦的夢雖然畫面跳動，但情緒連貫，她深諳前後因由，因此一個眼神也足以傳達複雜曲折的情節。

更讓她訝異的是，婆婆在皓平面前對孫女百般寵愛，皓平不在眼前時，她就恢復了一貫冷淡，讓孩子摸不著頭腦。

婆婆不希望和別的女人分享皓平，如果筠琦生的是男孩就不同了，這和因為傳宗接代所衍生的重男輕女無關，婆婆只是容不下皓平愛別的女人。

終於，在一次過年親戚聚餐的場合，筠琦聽到皓平的兩個姑姑私下說：「大哥太有女人緣，嫂子生了不少氣，還好這些皓平都不知道。」

筠琦明白了，因為公公花心，婆婆自知無力阻擋，占有欲於是移轉到兒子身上，沒法成為老公心中最重要的女人，至少可以成為兒子心中沒人可以取代的女人。

醒來後，筠琦的廚房裡已經充滿咖啡的香氣，昨晚睡前她先預設好咖啡壺烹煮的時間，微波爐裡熱的是昨晚從便利商店買來的雞肉三明治，但她現在其實想吃一份包裹著起士、火腿、蘑菇和洋蔥的蛋捲，她坐在餐桌前，靜默地用三明治來下咖啡，今天天氣很好，陽光照在流理台上，可惜行程滿檔，一進公司就要開會，不然她眞想到師大路找間異國風餐館吃早午餐。

其實她已經該慶幸了，至少每天早上她還可以安靜的坐著喝咖啡聽音樂，夢裡的筠琦天天早起後跟打仗一樣，孩子要餵奶，老公還要換著花樣吃，今天包子，明天穀片……相較起來現實世界中的筠琦只要在回家前到便利商店爲自己選一款明天的早點，眞是太輕鬆了。

筠琦準時進入公司，不到五分鐘，她就嗅到一股異常的氣氛，她需要一些基礎訊息來估量需不需要改變開會時的策略，她故意蹭到大劉桌邊，找話題搭訕，大劉當然知道她是要打探消息。

「我如果知道早說了。」大劉悻悻的說。

這句話筠琦相信，大劉八卦得很，筠琦無聊的用手中的筆敲打著大劉座位的隔間板，眼睛四處搜尋著，她看見老闆的祕書走了出來，正預備觀察她的行動看能不能找出蛛絲馬跡，她卻筆直朝筠琦走來，說：「老闆在辦公室等你。」

大劉對她使了個眼色，筠琦懂，意思是要她出來後言無不盡。

「筠琦，坐。」老闆一見筠琦進來，立刻起身替筠琦拉椅子，雖然老闆平常就待她不錯，但是今天的殷勤，依然明白顯示出有求於她。

「有事要交代我嗎？」筠琦開門見山的問。

「不是交代，是拜託。」

「什麼事？」

「昨晚茜茜趁我睡著時拍了我的裸照，你可不可以刪掉，她萬一衝動起來傳給我老婆或兒子，我就完了。」

「刪掉？你是要我勸她刪掉，還是偷她的手機，然後刪掉。」

「都行，只要沒了，就行了。」

「勸她，可能要費番唇舌，趁她去化妝室時偷手機不難，但是除非你和她保持距離，她要再拍也不難，下次她有了戒心，存進電腦裡，甚至拷了備份，你又怎麼辦？」

「她有戒心？我才有了戒心呢，沒法想下次了，先刪了再說，那個……那個……在她手裡，我寢食難安啊。」

「她威脅你了嗎？」

「那倒沒有。」

「我知道了，我想她只是嚇嚇你，我幫你搞定，別擔心了，開會時間到了。」筠琦安慰他。

「沒有你，我眞不知道怎麼辦，以前我說這句話是於公，現在連於私也一樣了。」

筠琦和老闆一起步入會議室，大劉苦無機會打聽八卦，一臉鬱悶，好不容易會議結束，大劉和筠琦並肩走出會議室，筠琦一聳肩，假裝不滿的說：「我想請一星期假出國旅行，老闆不准，說現在正忙，真沒人性，就是忙才要休假啊。」

「就這樣，沒說別的？」大劉不信。

「你自己說，我一共進去不到三分鐘，能說什麼？」筠琦說完，留下保持高度懷疑的大劉，逕自轉進女廁，筠琦傳了簡訊給文茜茜，約她一起晚餐，筠琦不是要幫老闆，只是她實在不欣賞拍裸照這一手，不管是傳給對方家人同事或是貼在網上，都不入流。

五分鐘後，文茜茜的簡訊來了，七點，我到你公司樓下接你。

見到文茜茜，她看起來氣色不錯，筠琦稱讚她，她說是換了一款新粉底，介紹給筠琦，筠琦可以背著文茜茜刪除裸照，但是既然文茜茜把她當朋友，還是要有道義，筠琦直截了當的問：「你拍了我老闆的裸照，有意圖嗎？」

文茜茜大笑了起來，如果不是雙手要抓著方向盤，一定已經手舞足蹈了起來，她得意的問：「你要不要看？」

「不是所有東西都要和朋友分享。」

「那是女人有原則，今天有人拍了你的裸照，問傑瑞要不要看，他一定看。」

「別扯遠了，你爲什麼要這樣做？」

「他讓你來勸我刪掉？會給你加薪嗎？給你加三成薪，我就刪。」

「有條件就好談，我打電話跟他說。」筠琦故意順著文茜茜說。

文茜茜白了筠琦一眼，頓了頓說：「我其實是和他鬧著玩，看他嚇成那樣，我也火了，他把我想成什麼人了，會拿他的裸照恐嚇他。」

「現在裸照呢？」

「早刪了，我還怕別人看到呢，把我想成個變態，好好個傑出女企業家的名譽就毀了，要毀也得毀在個年輕帥哥身上，傳出去才不丟人。」

文茜茜的臉上顯出一絲疲憊，再新的科技粉底也遮蓋不了。

筠琦終於鼓足勇氣親眼看看皓平現在的生活，起了一個大早，七點，她來到皓平家樓下，沒等多久，就看到他們一家三口出門，看來是要先送女兒去幼稚園，皓平穿著一套深灰色西裝，淺藍色襯衫深藍色領帶，標準的上班族，原來後來的他是這副模樣，西裝外套掀起時，看得出來他發胖了，有一圈肚子，但不是太大，頭髮不像以前那般濃密，髮際線也變高了，他牽著女兒走向車子，坐上駕駛座熱車，女兒在後座嘟著嘴，可能早上有不開心的事，筠琦看見皓平伸手開音響，她彷彿也聽見晨間新聞的聲音，她猜他開車會聽新聞，而不是音樂，皓平從照後鏡看了女兒一眼，不知道和她說了什麼，女兒從座位上爬起來，勾住他的脖子，在他臉頰上親了一下，因爲他妥協了嗎？答應了女兒的要求，這時候筠琦看見皓平的太太出來，一頭長髮披在肩上，遮住了臉，她低著頭走，腳步顯得急促，身上穿著秋香色套裝，脖子上還繫了一條米白色絲巾，她不快樂，筠琦覺得，至少她看起來不快樂，筠琦看不到她和自己長得像不像，也許並不重要，不能因爲皓平的太太像她，就認爲皓平對她仍然有所眷戀。

皓平的太太打開前座的門，坐了進去，車子在筠琦眼前開走了，她躲在角落默默的注視著，直到車子消失不見。

還不到八點，現在去公司太早，筠琦在附近找了家早餐店吃早餐，不習慣早起，她其實有點意識模糊，周遭的一切都像是蒙了一層紗，而她置身玻璃罩裡，整個人夢遊一般，她得喝杯咖啡，走進一家有著藍色窗簾的咖啡店，意外在菜單上看到起士蘑菇蛋捲，她高興的點了，她原以為早餐只有奶油吐司和火腿蛋，她請服務生先送上咖啡，一口氣喝掉半杯，意識清楚了些，蛋捲送上來時，她已經喝完咖啡，服務生體貼的說：「要不要續杯，免費。」筠琦點點頭，為了表示感激，她又點了一份鬆餅，為什麼她會這麼餓，昨天和文茜茜去吃希臘菜，她吃了一份羊排，喝了半瓶紅酒，還有一塊起士蛋糕和很多優格沙拉，現在她卻感到異常飢餓。

吃完一份蛋捲和鬆餅，也才九點，筠琦決定散步去公司，她打了一個飽嗝，心裡暗自決定，以後每隔幾天要出來吃一頓早餐，現做的早餐才能給人幸福的感覺，微波早餐只能果腹，怎麼以前沒發現？

「筠琦。」

有人喊她，她回頭尋找，喊她的聲音很熟，是皓平，筠琦詫異的停下腳步，皓平氣喘吁吁趕了上來，說：「你怎麼回事？我和女兒在車上等你，你卻逛到這兒來了，今天不上班了嗎？」

「等我？你在說什麼？你等的是你太太吧。」

「你就是我太太啊。」皓平說，筠琦腦中一聲巨響，她無法回過神，這是怎麼回事？她發現自己穿著剛才皓平太太身上的那套秋香色套裝，連絲巾也一模一樣，原來的短髮變成了長髮，皓平拉著她回到車上，小女孩向她抱怨：「媽咪，你害我遲到了，我要告訴奶奶。」

「你乖，不要告訴奶奶剛才的事，爸爸晚上給你買冰淇淋。」

眼前的一切都讓筠琦疑惑，她不小心睡著了嗎？怎麼夢裡的情景竟然在她清醒時出現呢？她究竟是不是原本的自己？還是已經變成了另一個人，她從照後鏡中打量自己，除了髮型之外，那還是一張自己熟悉的臉孔，她打開皮包，裡面的東西卻又全是陌生的，陌生的皮夾，陌生的鑰匙，連補妝用的口紅和粉餅，都不是她慣用的品牌，對了，身分證，皮夾裡應該有身分證，她連忙拿出皮夾，身分證上清楚的寫著她的名字，配偶欄填的是皓平。

車子停在幼稚園門口，女兒下車隨著等在門口的老師走進去了，皓平關心的問筠琦：「你今天怎麼了？是不是身體不舒服？」

筠琦不回答，她告訴自己這只是夢，醒來就好了。

皓平將筠琦送到信義區一幢陌生的大樓，說她工作的地方在二十七樓，筠琦順從的下了車，搭電梯到二十七樓，她眞希望能把夢中的自己叫醒，整個早上她處理著不熟悉的業務，下午接到婆婆的電話，說老二吐了，要她請假回家帶老二去看醫生，她以爲自己不必理會，畢竟只是夢，她卻抱著老二去了診所，晚上她陪老大看故事書，一會兒就累得張不開眼，結果在女兒床上睡著了，夢見和文茜茜一起去吃義大利菜，還點了一瓶紅酒，夢裡的筠琦鬆了一口氣，她又回到自己的生活了，拿起酒杯剛要喝一口酒，有人輕輕推她：「起來，回房去睡，小心著涼。」

筠琦發現自己不在義大利餐廳，文茜茜也不見了，她定神一看，女兒睡在身邊，喊醒她的是皓平。

她疲倦的隨皓平回房，連換衣服的力氣都沒有，她合衣躺下，雙手環抱胸前，她控制不了護衛不了自己的人生，她只能用雙手環抱住自己，一點也感受不到幸福。

筠琦終於明白，原來文茜茜從來沒有橫刀奪愛，皓平從來沒有離開她，她一直以爲是夢境的，其實才是她的人生，而她以爲是現實的生活，卻只是一場夢。

如果你選擇關機

誰知道呢？人生永遠無法知道正反兩面的答案，選擇開機，就無法知道關機的結果。

虞茜收到一則簡訊，手機瑩藍色螢幕上方方正正寫著：「晚上九點，Tequila見。」應該是小沈吧，他說要再約她聊天的，來電沒顯示號碼，但她相信是他，因爲她已經等了三天了，虞茜喝盡杯中的咖啡，午餐時間，她沒和同事一起吃飯，故意走了二十分鐘，選了一家海洋色調的餐廳，吃了一份烤鯖魚，她的口腔裡留下鯖魚淡淡的腥味，被最後一口咖啡稀釋掉，她想，自己眞是愈來愈孤僻，因爲不喜歡談論辦公室裡的八卦，寧可獨自用餐。

晚上，她在辦公室逗留到八點，其實她不需要加班，工作都做完了，只是九點以前她也沒別的地方可去，在公司附近隨意吃了一碗雲吞麵，便走到延吉街，時間還早，店裡一個客人都沒有，虞茜點了一瓶百威，無聊的坐在吧台看電視，小沈還沒到，一會兒，進來了一個男人，坐在吧台的另一頭，他喝加冰塊的傑克丹尼爾，和Bartender隨口聊著，她聽見男人說，剛從馬來西亞回來，眞是熱，太陽曬得人要融化，連貼在地上的影子都烤焦了。

吉隆坡嗎？Bartender問。

不是，是沙勞越，一大片雨林，河裡還有鱷魚。

男人看起來在等人，虞茜希望別人看不出來她也在等人，她故意晚了十分鐘才到，現在都九點半了，小沈卻還沒來。

男人點了一份爆米花，轉頭問虞茜，一起吃，好不好？分擔熱量。

虞茜不置可否，以前的人分享心情，現在憂鬱症的人太多，沒人想分享別人的情緒，只能分享熱量、酒精、膽固醇之類的。

女孩怕曬黑，大概不會喜歡沙勞越。男人說，希望搭訕能不著痕跡。

虞茜沒搭腔，男人看起來的確很黑，而且瘦，見虞茜不說話，他繼續說，我是去拍片，沒辦法。

拍什麼？廣告嗎？Bartender問，算是幫他的自言自語解圍了。

對，拍廣告，礦泉水的廣告，整個亞洲都會播。

爆米花飄散著奶油的香氣，瀰漫在吧台上空，男人抽一種印尼菸，有一種濃濃的丁香味，聞起來甜甜的，以前虞茜到巴里島旅行時抽過，結果回來後聲音啞了整整一個星期，丁香的辛甜混合著奶油暖暖的甜膩，出現一種古怪的氣息，像原始的祭典，圍著火堆喝酒跳舞那種。

虞茜喝完一瓶百威，開始喝第二瓶時，小沈進來了，整整遲到一個小時，虞茜假裝沒看見他，他倒是一點不心虛，坐到虞茜身旁，說，眞巧，我有預感你會來。

難道簡訊不是他發的？還是他不想在別人面前承認，是他約虞茜。

虞茜因爲心裡不痛快，故意吃起男人的爆米花，冷掉的爆米花，失去原本的鬆軟，什麼東西都禁不得放，女人的青春尤其是。

沙勞越有一支原住民部落，男孩子的成年禮是獨自出去獵一顆人頭回來，向族人展示自己的勇氣，獵回來的人頭掛在屋子裡，他們認爲人頭的靈魂會增加自己的力量，殺人不但不會招來報應，還會累積自己的勇氣和能力。男人說。

還好我不是出生在那裡，小沈隨口應著，他就是有這本事，誰的話他都能接。

你啊，成年禮最好是出去獵一個女人回來，現在可能有一屋子的女人了。

虞茜心裡這樣想，但沒說出口，她知道小沈花心，爲什麼還等著他來約自己，難道她以爲他對她，會和別的女人不同嗎？

看來我約的人不會來了。男人放棄等待，結帳走了。

店裡逐漸熱鬧起來，丁香味消失了，Tequila又成了台北街頭尋常的夜店，原始祭典是幻覺一場。

小沈用一枚硬幣變魔術給虞茜看，他的優點是會逗女人開心，霎時間，以爲他的眼裡只有自己。

兩天後，虞茜又收到同樣一則簡訊，究竟是誰？九點，她依約出現，坐在吧台前喝百威，從沙勞越回來的男人也在，同樣是喝傑克丹尼爾，人們對酒的品牌忠誠度有時還高於愛情。

男人看見虞茜，舉起酒杯敬她，一回生，二回熟，這是小酒吧的文化，不過一旦走出去，又成了陌生人。男人喝完一杯傑克丹尼爾，不知不覺又說起沙勞越。

我們坐獨木舟進入雨林，大太陽底下，起初我擔心有鱷魚，後來又想，鱷魚至少還是我們看過的生物，古老的爬蟲類，那麼深邃的雨林，天曉得還有些什麼我們沒見過的怪東西，如果別人告訴我河裡有食人魚，我也相信，雨林裡能有豬籠草，河裡當然可能有食人魚。

Bartender爲他倒了第二杯傑克丹尼爾，隨口問，我聽說那裡有人會下蠱。

是啊，我也聽過，有一個人被人下蠱，回來後一直肚子痛，跑遍各大醫院檢查不出病因，肚子愈來愈痛，沒多久就死了，家人沒法接受，要求醫師解剖，醫師切開他的肚子，嚇了一跳，根本不敢作化驗，直接縫了起來。

爲什麼？Bartender問。

他的肚子裡哪還有五臟六腑，全化成一攤血水。

虞茜突然想吐，小沈還是不來。

男人搖搖頭，說，這世界上有太多我們不知道的事。

也許我們根本不該去探究神祕的未知世界，說探究是好聽，其實是自作聰明，那根本是一種侵犯。虞茜脫口而出，她其實無意和男人聊天。

你說的對。男人又點起丁香菸，他遞了一根給虞茜。

虞茜委婉的拒絕。

抽抽看，只抽一根，這菸很特別。

九點半了，小沈還沒來。

你抽不慣，熄掉就是了，無所謂的。

虞茜接了過來，男人為她點上，她淺淺吸了一口，小心不將煙吸進去，然後吐出來，煙薰到了她的眼睛，她微瞇著雙眼，看見口中吐出的煙往上飄，像是一張小小的臉，她又吸了一口，這回吐出的臉更清晰了，臉上還有一張張大的嘴，彷彿不知道有多驚訝似的。

虞茜開始喝第二瓶百威。

下蠱，不僅是被下蠱的一方受害，下蠱的人其實也要付出相當的代價，所以沒人會輕易下蠱。男人說。

虞茜繼續吐出煙霧，看著它向上飄，這一回，她的眼睛沒被薰到，她看清了，那並不是一張張大嘴的人臉，而是一顆骷髏頭，她嚇了一跳，卻沒立刻熄掉菸，她轉頭問男人，你看見了嗎？

看見什麼？

吐出來的煙？

你也看見了？男人驚訝的說，語氣中還藏著一種壓抑過後被了解的安慰。

虞茜看見男人吐出的煙，也是一顆小小的骷髏頭，逐漸向上飄散，逐漸膨脹，也逐漸變淡，終於什麼也看不見。

這是怎麼回事？一種魔術嗎？虞茜問，她剛想問其他人有沒有看見，就發現旁邊根本沒有別人，沒有吧台，她甚至不是坐在椅子上，而是和男人一起坐在一根粗大橫生的樹幹上。

坦白說，我也不知道。男人回答，語氣充滿無奈，他環視四周，說，這裡看起來就像是沙勞越。

你給我的菸是大麻嗎？還是其他毒品？

絕對不是，但我知道你不會相信我。

是你發簡訊約我來的？

我沒有發，但我收到一則簡訊，上面寫著：「晚上九點，Tequila見」，兩個人異口同聲說。

他們兩個人收到同樣的簡訊，是誰發的，顯然不是他們心中各自期盼的人。

我們把菸熄掉試試看，虞茜說，立刻熄掉手中的菸。

沒有用的，男人雖然這樣說，但還是依照虞茜的提議去做，兩個人都熄掉了手中的菸，但他們還是在叢林裡，虞茜只希望不會遇到獵人頭族。

男人從樹幹站起來，他伸手拉虞茜，說，我們找找有沒有出口，你有沒有聽說過，時間和空間其實是交錯存在的，也許因爲我們兩個人的頻道或是什麼的，觸動了交錯的機制，使我們出現在這兒。

買機票不是更簡單嗎？如果我們可以走出這片叢林。

你有帶護照嗎？男人問。

虞茜白了他一眼。

不管怎樣，你也說了先要走出這片叢林。

虞茜踩在寬大乾枯的落葉上，腳下發出窸窣的聲音，陽光照在她的臉手臂頸子，所有裸露在外的肌膚上，她擦的防曬乳係數只有SPF15，而且還是早上擦的，有誰去夜店會擦防曬乳呢？當然她也沒有噴防蚊液，一隻花蚊子肆無忌憚的停在她的手臂上，她用力打了一巴掌，餓瘋了的蚊子還沒吸到血，已經死在她的手下。

顯然現在不是擔心曬傷的時候，美麗的叢林中處處潛藏險惡。

他們忍受著高溫，在叢林裡步行了一個多小時，眼前還是無盡的樹木爬藤和草叢，這叢林的邊際究竟還有多遠，走到了邊際是否就有人煙或是公路呢？說不定等待他們的是更大的災難，虞茜卻不切實際的希望叢林裡能有一座渡假飯店，提供空調和冰凍的椰子水。

你收到簡訊，當然不可能以為是我約你，你以為是誰？男人突然問。

這和你沒關係。

我以為是我的前女友，我們分手半年了，她常去Tequila，所以我一看到簡訊，就直覺以為是她，原來是我自作多情。

虞茜當然不會告訴他，她希望是小沈，她還希望小沈成為她下一任男友，前一任和下一任之間有什麼關聯，下一任只需要一些時間作催化，隨時可能跨過現任變成前一任。

這會是詐騙簡訊嗎？男人說。

或者只是店家招攬客人的方法，虞茜不耐煩的說。

顯然他們的愛情都處於空檔，兩個寂寞的人，因爲一則莫名其妙的簡訊，身陷酷熱蠻荒。

簡訊，他們怎麼忘了，可以用手機向別人求救啊。

虞茜低下頭在自己身上尋找，她的手機放在皮包裡，而皮包看來是留在酒吧裡了，她轉頭看男人，男人腰上有一個手機盒別在皮帶上，虞茜高興地說，快，用手機求救。

男人打開皮帶上的手機盒，是空的，男人想起來，在酒吧時他接了一通電話，順手將手機放在吧台上了。

天天隨身攜帶的聯絡工具，緊要關頭卻不在身邊，眞是太荒唐了，虞茜洩氣地踢著地上的草。

你看過《野蠻遊戲》嗎？是一部電影。男人問。

虞茜點點頭，問，你覺得和我們現在的處境有點像，但是我們是怎麼掉入這場遊戲的？

一定有一個開關。

什麼東西都有機制嗎？虞茜的心裡很不合時宜的浮現一個保養品廣告，業者宣稱美白可以像開關一樣簡單，on亮起來，甜美的女星微笑著。

生氣和猜疑都無濟於事，虞茜觀察起周遭，草叢裡開著粉紅色的鐘形小花，她從沒看過這麼美麗的花，還散發出一種類似哈密瓜的香味，她蹲下身想摘一枝，隱約間聽到叮叮噹噹的音樂聲，花朵輕輕搖曳著，她剛伸出手，一朵花已經親吻她的手腕，牢牢的吸吮住，不，不應該說是親吻，應該說是咬，看起來美麗的花朵咬住了她的手腕，她嚇得大叫。

男人回過頭，明白怎麼回事，死命的拉扯花，花朵狠狠咬著不肯鬆口，情急之下，他掏出打火機，點火燒花，被燒焦的花朵頹然放棄了堅持，萎墜在地上，男人踩熄了花上的火苗。

好奇心害死一隻貓，你沒聽過嗎？在叢林裡什麼都要小心。男人說。

我倒覺得是一場噩夢。

隨便，隨便你怎麼說，但是拜託你什麼都別碰。

你叫什麼名字？虞茜突然想到她還不知道這個和她一起陷入荒謬命運的男人的名字。

何柏，柏樹的柏。

聽起來像是河神的名字，你知道河伯，我叫虞茜。

他們繼續踩著落葉和雜草前進，天空沒有一片雲，陽光張狂的灑盡叢林，恣意肆虐它所散發的高溫，卻絲毫影響不了落在手臂上飢餓的蚊子。

如果這是一場噩夢，我們只要醒來就行了。虞茜說。

而且不管夢裡發生什麼事，都不會造成任何影響。

好比什麼？

好比我把你殺了，醒來後，你依然活著；又好比我和你做愛，醒來後，你根本不記得我。何柏說。

這不好笑。

我不是在開玩笑，只是舉例。

虞茜突然在何柏的手臂上捏了一下，何柏叫了一聲，回頭瞪著虞茜。

電視劇裡的人想知道這是不是在作夢，總會找人捏一下自己啊，如果痛，就不是夢。虞茜解釋。

所以你證明了現在不是作夢。

你認爲人在夢裡眞的沒有痛感嗎？虞茜問。

我不知道，有一回我夢到自己的左手斷了，我用右手抓著斷掉的左手，拚命跑，想找人求救，血還不斷的流，我不記得感覺到痛，只記得恐懼。

天啊，你過的是什麼生活，竟然會作這種夢。後來呢？

後來我就嚇醒了。

現在你也只要嚇醒，我們就可以脫離了。

你怎麼知道現在我們是在我的夢裡，而不是在你的夢裡？

所以就算我們知道了這是一場噩夢，還得弄清楚是誰的噩夢。虞茜笑了，這樣下去就成了莊周夢蝶。

你喜歡莊子嗎？我喜歡他說的無用之用。

人類眞的很奇怪，兩千多年後的人，累積的智慧並沒有比兩千多年前更多，反而被科技綁住了。

關於這一點，莊子也提醒過大家。

提醒了也沒用，我們還是陷在這莫名其妙的困境裡，而且你相信有開關啓動了某種機制。

噓，何柏將食指放在唇間，示意虞茜安靜，虞茜不再說話，側耳傾聽，卻什麼也沒聽見。

有水聲。

我沒聽見。

專心一點，人的聽力是逐漸恢復的，你在都市太久了，只聽得到喇叭聲、電話鈴聲和八卦新聞。

虞茜仔細聆聽，先聽到蟲鳴和鳥叫，接著聽到樹葉搖曳的窸窸窣窣，然後，她聽到了淙淙水聲，原來聲音是有層次的，而且如此分明。

我們朝水聲走，也許會遇到可以帶我們出去的人。

萬一是獵人頭族呢？

我們就會從噩夢中醒來。

虞茜還想問，如果這不是一場夢呢？但她沒問出口，因為她知道，如果這不是一場夢，那麼就一切都結束了，反正說什麼都是徒勞。他們追尋水聲，走出了叢林，來到一條寬十餘公尺的河邊。

虞茜感到口渴，在叢林裡她留了太多汗，衣服都給汗浸濕了，她原本喝的兩瓶啤酒，現在全轉化成汗水消耗掉了，看到河水，她喉嚨間的乾渴更劇烈，但是河水混濁，就是清澈，她也不敢喝。

小時候，有一回我和爸爸去他工作的地方，他要我乖乖坐在座位上，不要亂跑，那時我還很小，坐在椅子上腳搆不到地，我就坐在那裡搖晃著我的雙腿，有一個阿姨經過，她問我，你覺得很無聊吧，我不認識她，不知道該不該跟她說實話，所以就沉默著，阿姨也不在乎我沒回答，她說，其實我也覺得很無聊，只不過我長大了，知道怎麼假裝不無聊。虞茜也不知道自己為什麼和何柏說起這麼一段並不重要的往事。

從此，我以爲小孩和大人的差別，就是小孩不知道如何掩飾無聊，而大人知道，所以基本上人生是無聊的，但是在成長的過程我們學會了掩飾。虞茜說。

現在你還是常常覺得無聊嗎？何柏問。

虞茜點點頭。

你學會假裝了嗎？

我以爲我學會了，但有時會露出破綻，對別人有些不好意思，假裝不無聊也是一種禮貌，對不對？

好像是，何柏點點頭。

河邊的草很短，奇怪的是走起來卻像是有什麼牽絆著腳，虞茜低下頭，感覺有東西勾住鞋子，她伸手去扯，眞的有藤蔓，透明的藤蔓纏著小草，難怪草長不高，剛一扯，藤蔓便順勢爬上了她的手臂，她喊何柏，何柏只看見她在拉扯，卻不知道她在扯什麼？

怎麼了？何柏問，立刻過來幫忙。

有藤蔓，透明的。

何柏仔細看，隱約看見藤蔓在陽光下閃現異樣的光彩，他也幫忙拉，雖然一拉就斷，但是兩人停下腳步的片刻，藤蔓已經沿著雙腿向上攀爬，快跑，何柏說。

虞茜和何柏沒命的快跑，腳上的藤蔓被突如其來的力道扯斷了，他們跑了約莫四百公尺，草叢變高了，虞茜仔細看腳下，藤蔓沒了，她嘀咕著，真是個詭異的叢林，不知道還會出現什麼？

有沒有一種可能？出現的東西其實都是我們的想像。何柏說。

我沒有這麼豐富的想像力，虞茜說，並且開始努力想像豪華渡假飯店，但是眼前還是一片草叢。

我是不是一個無趣的人？何柏突然問。

我才剛認識你，記得嗎？

我的意思是說，在酒吧見到我的時候，你會有興趣認識我嗎？

沒有，虞茜心裡想，但是她不想傷害何柏，於是她說，我不是那種在酒吧隨便和陌生人聊天的人。

所以你並不想認識我，從小我就希望自己做一個好人，長大後才發現，做一個好人對自己的幫助似乎並不大。

做一個壞人，不只沒幫助，還害人害己吧。虞茜誠實的說。

我今年三十四歲了，連女朋友都沒有，我並不想孤單過一輩子，我想結婚，有自己的孩子，你看，就算我現在立刻結婚，老婆馬上就懷孕，等我的孩子大學畢業，我也快要六十歲了，是要退休的年齡，再拖下去，我自己想起來都覺得累。

人生的進程沒法單純用年齡來規畫。

一個人想有自己的家，不算非分之想吧。

你曾經差一點結婚嗎？

何柏搖搖頭，說，每次交女朋友，還沒等我準備好求婚，對方就提出分手了。

你交過很多女朋友嗎？

不多，三個，二十五歲交第一個女朋友，平均三年交一個，不過大部分的時間是空檔。你呢？

我啊，我也想結婚，有一回，眞有人向我求婚了，但是我突然害怕起來，覺得和他一起生活，恐怕是自找麻煩，他的工作不穩定，他的家人問題也很多，他的朋友要不是婚姻不幸福，要不就是不打算結婚。

那麼你爲什麼會和他交往？

談戀愛和結婚不同，他是一個好情人。

你看，這就是我的問題，我不是一個好情人，我長相平凡，性格乏味，但我很可能是一個好丈夫，卻沒有女人願意花時間了解這一點。

婚姻是一件麻煩的事。虞茜說，像是下一個結論，更像是爲兩個人的處境找一個藉口。

有一天我在電視上看到一個演員接受訪問時說，一個人四十歲以後遇到的麻煩，基本上都是自找的。

我們現在遇到的麻煩呢？

我們還不到四十歲，應該還不算吧。何柏笑了，他們同時想起那則莫名其妙的簡訊。

虞茜看了一眼手錶，她問何柏，現在是兩點半，你想是凌晨呢？還是下午？

何柏回答，依現在的陽光來看，當然應該是下午，但是從我們離開酒吧的時間推斷，又應該是凌晨，除非有時差。

又或者我們在空間轉換時失去了一些時間。

你想你失蹤多久，會有人找你？

上班時間沒去公司，也沒請假，應該就會有同事打電話吧，但是電話沒人接，他們會怎麼做，我就不知道了。

你比較幸運，我剛拍完一支片子，現在就是失蹤一星期，恐怕都沒人發現。

你的家人呢？

我出生不久，爸媽就離婚了，然後又各自結婚，生下和我同父異母以及同母異父的弟妹，我是那個多出來誰都不想想起的孩子，所以大學畢業後，我就一直獨自居住。

這樣啊。虞茜有點同情何柏，現在看來這個男人其實滿善良的。

自從爺爺奶奶過世，我最討厭過年，不管是去爸爸家，還是媽媽家，我都是個多出來的陌生人，讓大家感到不自在。

如果手錶的時間沒錯，不管現在是凌晨還是午夜，他們在荒野中已經走了六個小時，虞茜又渴又累。

你餓嗎？虞茜問。

何柏點點頭。

這時候眼前突然出現一棵麵包樹，樹上結著榴槤大小的麵包果。

你想這可以吃嗎？何柏指著麵包果問。

摘下來看看。

何柏爬上樹，摘下麵包果，在石頭上砸開，熟透的果香吸引著他們，他們決定暫時放下心中的疑惑，用手剝果肉吃，香甜扎實的果肉，給他們帶來飽足感，身體也有了力氣。

你還有菸嗎？虞茜問。

怎麼？你想抽菸？菸盒在吧台上。

不是，我是想這一切改變，是在我們一起點了菸之後發生的，如果我們再點一支菸，是不是就會回到酒吧裡。

我身上一支菸都沒有，沒法試，但是那種菸我已經抽了好幾盒了，這種怪事卻還是第一次發生。

可是之前你試過和一個同樣可以看到飄浮骷髏頭煙圈的人一起吸菸嗎？虞茜問。

那倒沒有。

現在想想，兩個人身陷蠻荒，總比一個人強。虞茜眞心的說，雖然在一開始，她有點怨怪何柏，但她其實無從確定自己眼前的古怪遭遇究竟是因何而起？

不管這是夢境還是幻境，就算有人因爲你的失蹤而去報警，大概對我們也沒幫助。何柏有些洩氣，虞茜的話沒能帶給他鼓勵。

何柏用手帕包了一些吃剩的麵包果，然後繫在皮帶上，兩個人繼續往前走，太陽一點都沒有減弱的趨勢，沒完沒了的酷熱，沒完沒了的荒野，眞希望能遇到一些觀光客，就可以離開這裡，回到熟悉的文明世界了。

你剛才說，你以爲簡訊是前任女友發的，你還是喜歡她，是嗎？虞茜問。

她和我分手後，聽說和一個生意人在一起，那個生意人是有老婆的，只不過老婆帶著孩子住在加拿大。

難道她寧願和有婦之夫在一起？

我以爲她想通了，和有老婆的男人在一起，是不會有結果的，所以又回頭找我。

如果她眞的回頭找你，你會接受嗎？

只要她是眞心的，我會。

何柏，你眞是個好人。

兩個人在一起，長久最重要，中間有點小波折算不了什麼，而且她試過和別人在一起，又選擇回到我身邊，應該會更珍惜我吧。

虞茜心裡想，也可能把何柏當成一個可以呼之即來，揮之即去的人，根本不在乎他，但她不忍心說。

你呢？你現在願意告訴我，你以爲簡訊是誰發的嗎？

小沈，你也見過。

你喜歡他？

我寧可想成我以爲他喜歡我。虞茜說，轉念又想眼下只有他們兩個人在人跡罕至的荒野中，她還不肯誠實面對自己，也太矯情了吧，於是坦白承認，是啦，我有點喜歡他，雖然我知道他很花心。

但是你以爲他對你會不一樣。

很傻，對不對？

女人總希望男人爲她改變。

男人呢？

男人希望女人不要改變，但是交往久了，女人都會變。變得怎樣？

掌控取代了原本的溫柔，要求取代了原本的撒嬌。

這就是問題吧，女人希望男人改變，而男人其實是不會為了女人而改變的，男人希望女人不要改變，而女人心中穩定有安全感的戀情，本來就包含著占有，和男人心裡渴望的似水柔情是兩回事。

所以兩個人要在一起，一定要找到平衡點。

如果現在是在酒吧裡，虞茜一定不會和何柏聊這些，酒吧裡人來人往，很難說真心話，也沒人想聽，打哈哈開玩笑居多。在荒野，或是在夢境中就不同了，切身處境真假難辨，如果還要說謊，就太可笑了。以前虞茜就聽人說過，很多人會在旅程中對遇到的陌生人說實話，那種連自己平常都沒勇氣面對的實話，因為對方完全不認識你，而且幾乎不可能再遇到你，反而能放下一切顧忌。

你想我們回得去嗎？虞茜問。

如果這是一場夢，總會醒的；如果這是迷幻藥造成的幻覺，藥效總會過去的。

如果我們眞的在沙勞越呢？

那麼我們總會走出叢林的。

等我們出去了，我們會是朋友嗎？

當然。

這一切，講給別人聽，都沒人會相信。

別人不相信的事，並不代表不存在，何柏說。

一陣陣撲拉聲從天空傳來，他們不約而同抬頭看，二、三十隻鳥在他們頭上盤旋，比鴿子略小的鳥，有著鮮豔的羽毛，大體上是翠綠色的羽毛，頸子和胸前環繞著黃色、紅色和紫色的羽毛，牠們繞著圈子飛行，突然一隻俯衝下來，啄咬虞茜的頭髮，虞茜伸手揮趕，其他的鳥絡繹向下俯衝，一隻接著一隻，讓何柏和虞茜招架不住，只好一邊奔跑，一邊揮舞雙手，看起來美麗的鳥，卻如此凶惡。

虞茜的手臂被鳥啄出許多道傷口，血汩汩流出，何柏突然停住腳步，撿起地上的石塊向天空投擲，有的鳥被擊中了，墜入草叢中，其他鳥不敢再肆無忌憚的俯衝攻擊，虞茜也開始向鳥丟擲石塊，鳥群愈飛愈高，終於放棄啄咬他們，飛走了。

天啊，這些鳥是怎麼回事？虞茜驚恐的嚷。

我以前看過一部電影，鳥因爲電波的影響，開始攻擊人類，甚至群體自殺。

電波，我們說不定也是受電波影響才會陷在這裡，關於那則莫名其妙的簡訊，你想過沒有，如果我們手機關機，是不是就無法影響我們了？

誰知道呢？人生永遠無法知道正反兩面的答案，選擇開機，就無法知道關機的結果。

虞茜從口袋裡掏出面紙，擦拭手臂上留下的血。

你的傷口很深呢，不擦藥怕會發炎。

現在也顧不了那麼多了，得先離開這裡，才能想其他。

如果河水清澈，可以先清洗一下傷口，偏偏河水混濁，何柏一轉頭，映入眼簾的河水意外的清澈，他推了推虞茜的肩，說，你看。

怎麼會這樣？虞茜驚訝的說，河水不但清澈透明，可以清楚見底，而且河面上還漂著淺藍色和鵝黃色的浮冰。

難到我們已經不在沙勞越了？虞茜疑惑的自言自語。

剛才那些鳥是生活在熱帶叢林的鳥，何柏喃喃的說。

當我們驅趕鳥時，也許離開的不是鳥，而是我們。

這裡有浮冰，會是哪裡？爲什麼我一點不覺得冷，你冷嗎？

不冷，虞茜回答，剛才在叢林裡，他們明顯的感覺到炎熱，爲什麼現在卻不覺得冷呢？

也許這眞是一場夢，夢境裡感覺不到冷和熱，我們剛才覺得熱，是因爲我們熟悉熱帶，所以叢林和陽光一出現，我們就知道會是多高的溫度，但是我們不熟悉浮冰，所以缺少直覺的溫度感應。

就算你說的對，我們還是不知道如何離開這裡，而且我們離台北可能更遠了。

夢境中，空間距離的意義不大。

我們根本無法確定這是夢，你曾經在夢裡不斷告訴自己這是作夢，卻還無法醒過來嗎？在夢境裡的人不會知道那是夢。

何柏嘆了一口氣，他拉過虞茜的手，蹲在河邊，用水輕輕清洗虞茜的傷口，清澈見底的河水中幾乎沒有魚也沒有水草，只有大大小小的石塊，石塊是詭譎的藕紫色、秋香色、蛋清色。

萬一我們走不出去，就得在這裡度過下半生了，虞茜洩氣的說。

坦白說，現在想想，覺得也沒那麼糟。

虞茜直視何柏的雙眼，一點都不膽怯，雖然她並不希望留在這裡，不，應該說她恨不得下一秒就能離開，但她還是有一點感激何柏這樣回答，因爲，他是和她在一起。

仔細想想，我的生活並沒什麼好眷戀，我的工作，做一年和做十年的差別也沒太大，而我已經整整做了十年，沒有我，有別人會去做，家人失去我，也不會有所損失，至於朋友呢，他們偶爾會想起我，但是打電話沒人接，大概就立刻會打給別人。

回去，至少是自己熟悉的環境。虞茜說，她想念有空調的房間，淡淡花果調的噴霧香水，還有柔軟的雪紡紗裙子。

就因爲這裡陌生，所以人生有了更多的可能，也許並沒有那麼糟。

像是電影《藍色珊瑚礁》，或是《格列佛遊記》。

還有湯姆漢克演的那部電影，你知道那部，他在國際快遞公司工作，流落荒島那一部，何柏說，他想不起來片名。

虞茜點點頭，至少我們不需要和椰子殼建立友誼，我們不是獨自一人。

你有遺憾嗎？對於之前的生活。

你是說如果我們再也回不去？

何柏說，對。

有，我應該把存款花完，我原本想去歐洲旅行，還有紐西蘭，後來我又覺得應該先存錢付房子的頭期款。

還有呢？

我想跟我妹妹說，我很愛她，而且以她為傲，小時候我常欺負她，其實是因為忌妒她。

我想她了解。

我捨不得我爸媽，最後一次回家看他們，還為了他們對我的生活方式有意見，吵了一架。虞茜哭了起來，原來她對自己的生活有這麼多眷戀，但是當她以為那樣的生活會一直過下去時，她卻感到不滿和不耐煩，直到失去時，才發現自己原來是捨不得的。

你放心，我們一定會找到方法回去的，何柏安慰虞茜。

能有什麼方法。

我們連簽證都沒辦，現在算是非法入境，一定會被遣返的。

得先遇到警察才行。

況且我也不甘心，我一直想拍電影，是為了生活，才妥協拍廣告，沒拍成電影，我怎麼都得想辦法離開這裡。何柏這麼說，其實是為了安慰虞茜，在蠻荒的這半天，已經讓他覺得原本自己在意的事，其實都沒那麼重要，沒有什麼事是非他不可的，別人做說不定還做得比他更好。

河裡有魚，剛才沒發現，我們來抓魚，烤熟了吃應該不錯，只吃了一點麵包果，我早就餓了。何柏扯下樹枝，將一端磨尖，用來叉魚，試了幾次，眞讓他叉到一尾一尺長的魚，他用打火機和樹枝生火，將魚烤熟，兩個人用手抓著吃。

虞茜說，已經七點了，平常這時候我已經起床準備去上班了。

我們已經在這裡九個小時了，這場夢未免太長了。

眞想喝杯咖啡。

何柏笑了，咖啡連鎖店分布得還不夠廣。

別說是咖啡連鎖店，現在有家速食店出現在眼前，我們也樂瘋了。

不知道是不是因爲餓了，烤魚吃起來十分美味，吃飽了，兩個人坐在河邊的石頭上休息，虞茜撿了一塊蛋清色被河水沖刷的渾圓的石頭，放在口袋裡留作紀念，石頭只有拇指大，呈現半透明的光澤，虞茜想，回去她要將石頭鑲成鍊墜，提醒自己珍惜擁有的一切，她並不如自己想像的孤單。

何柏見了，笑說，你看過誰能將夢裡的東西帶出來？

虞茜聳聳肩。

突然河邊的森林裡跑出來一匹灰色的狼，虞茜尖叫，在那匹狼身後的樹林裡，還有著發光的眼睛，牠們專心盯著何柏和虞茜，猶如盯著一頓美味的大餐，謹慎的一步一步靠近他們。

快，跳進河裡，何柏喊，話聲剛落，已經拉著虞茜縱身入河，虞茜喝了一口水，隨即本能的抓到一塊浮冰，向下漂流，她感覺不到浮冰的溫度，也感覺不到河水的溫度，柔滑的水簇擁包圍著她的身體，她如然想起床上鋪的純棉床單，那床單上的圖案正好就是粉色小巧鐘形花朵、白色纏繞藤蔓和彩色展翅的鳥，不就是剛才她所看見的嗎？難道這眞是一場夢，而且是她的夢，而不是何柏的，所以他並不眞的在這裡，他只是出現在她夢裡的一個人。

不知道漂流了多久，清澈的河水變得渾濁，浮冰也融化消失了，他們又回到了熱帶叢林，難道這條河的上游有浮冰，下游卻又進入了熱帶叢林，虞茜回頭想尋找何柏，告訴他床單圖案的事，卻看見河面上一雙眼睛注視著她，是鱷魚，她找不到何柏，拚命想游回岸上，卻敵不過湍急的河流。

虞茜在河水裡掙扎著，但是她的力氣太小，完全無法和鱷魚對抗，她沉下去，又浮起來，透過綠色的河水，她看見鱷魚張大口就要咬住她了，在鱷魚闔上口的那一刻，有一個念頭閃過她的腦海。

如果這是一場夢，那麼現在就是她醒過來的時候了。

如果那一天沒有

他們又陷入了沉默，和過去的七個月零五天中大多數的時候一樣，光線暗了下來，如寶石般漂亮的藍紫色光芒消失了，他們在黑暗中，各自想著各自的遺憾。

「天哪，我眞是想念披薩的味道，最好是芝心披薩，多加一點起士，還要義大利臘腸、牛肉、蘑菇和黑橄欖，配著可樂一起吃，吃飽了再來一客巧克力聖代，眞想吃個過癮，姊，我們好幾個月沒吃披薩了。」黑暗中，偉皓突然開口說，隨著聲音從他口中吐出，他的四周微微亮了起來，彷彿觸動了音控燈光一樣，光線逐漸加強，直到和天亮前的微曦一般，透出漂亮的藍紫色，像水晶一般。

「七個月零五天。」偉霖的聲音平板，聽不出任何情緒，她躺在地上，弓著雙膝，手裡把玩著一條髮帶，原本是奶油色的髮帶，因爲時間久了，有些髒汙，變成了淺淺的灰色。

「還有花枝羹和鹽酥雞，我現在好想吃喔。」

「就知道吃，你的腦子裡就沒點別的嗎？」偉霖不耐煩的說，她丟開手中的髮帶，兩手平貼在地上。

「吃很重要欸。」偉皓不服氣的反駁，但也只是一句，他並不想多花力氣和姊姊拌嘴。

偉霖將雙腿伸直，兩隻手交疊著朝頭頂的方向拉，像伸懶腰一樣，她稍稍覺得舒服了些，早知道現在是這樣，那時候也不用辛辛苦苦的節食了，應該放開懷狠狠的吃，她其實很喜歡吃奶油泡芙的，眞遺憾，早知道要吃個過癮，還有雪莓娘，白裡透紅的雪莓娘，吃起來冰涼香甜又有彈性。

「後悔當初節食了吧。」偉皓說，彷彿可以看穿她的心思。

「誰像你，我喜歡控制飲食，那讓我覺得自己很清透，而且清楚感受到意志力的堅強，你的意志力夠堅強，身體才會聽你的，要讓身體跟隨心智，而不是任由心智被身體的欲望所淹沒，算了，跟你說也是白搭，你根本沒有心智。」這些話其實是從書上看來的，她也並不眞的明白。

「別裝了，你只是怕胖罷了，膚淺，人云亦云。」

「偉皓，別那樣說你姊姊。」偉皓的爸爸嘟噥著，不像是責備，倒像是請求，而且是有些難爲情的請求。

「你有什麼資格說？」偉皓頂了回去。

「我有好多想做的事都還沒做。」偉霖說。

「你想做些什麼？」爸爸問。

「我想做建築師，我喜歡房子。」偉皓搶著說，他的眼前出現維多利亞港邊高聳的建築，那是他房間掛的月曆上的風景照，他看得極熟了，他其實沒有去過香港。

「建築師嗎？聽起來很不錯呢，偉霖呢？偉霖長大想做什麼？」

「想做服裝設計師，帶著模特兒到世界各地巡迴展出，今天在米蘭，明天在巴黎，後天去上海，多棒，那就是我想過的生活，而且我會精通中英法文，可以親自接受記者的採訪，不需要透過翻譯。」

「可是米蘭是在義大利。」爸爸提醒偉霖。

「我知道，但是我相信義大利記者會說英語。」

「我想你說的對。」爸爸說。

「爸爸，你呢？你小時候想做什麼？」偉皓問。

「我啊，我想做警察。」

「爲什麼？」偉皓感到疑惑，他的朋友當中好像沒人想做警察。

「大概是警匪片看多了，覺得警察很英勇，除暴安良。」
「爲什麼後來沒做警察？」
「你爺爺說做警察太危險，賺的錢也不多，不如學商，做生意，賺的錢才多。」
「你賺到了嗎？」偉皓問。
「沒有。」爸爸說，聲音小得幾乎聽不到。
「曾經呢？你總有賺到過吧？」偉霖問。
「如果那也算的話，那麼我賺到過，但是後來又賠了。」爸爸似乎在搜尋著回憶，想找出一些值得炫耀的過往，他的表情忽喜忽悲，終於還是陷入沉寂。
「爲什麼賠了？」偉皓問。
「投資錯誤。」
投資錯誤，只有四個字，眞是簡單，人生也能這樣簡單就好了，他這一生的註解就是這四個字，投資錯誤。
那時候他操作股票，賺了兩百多萬元，信心大增，拿房子辦了貸款，八百萬元投入股市，沒想到被套住，他應該忍痛認賠殺出，偏偏不甘心，結果愈賠愈多，貸款利息付不出來，弄到法院來查封房子。

「所以媽媽離開你？」偉霖問。

「我承認我沒出息，沒法給你媽過好日子，但是你媽她……她也不應該勾搭上別的男人啊。」爸爸痛苦的將臉埋進雙手中，不願意孩子看到他扭曲的表情，其實，他也覺得沒臉見孩子。

「爲什麼媽不帶我一起走？」偉霖抱怨道。

「要帶也該帶我。」偉皓不滿的說。

「當然是帶我，我和媽一樣是女人。」

「你們和我一樣，都姓王，爲什麼你們寧願跟那個女人走，寧願認賊作父？難道你們不知道，你媽爲了那個男人，連你們都不要了。」

「那是你不好，你欠太多錢了。」偉霖說。

偉霖的爸爸一驚，也許當初做警察就好了，其實哪一行沒風險呢？就算說他抓賊殉職，還可以得到一枚獎章，警方會幫他舉辦一場肅穆的告別式，許多達官顯要都會來上香致意，就算他們的目的是作秀，但是誰在意呢？只要功夫做足，至少不會讓家族蒙羞，而且有撫恤金。

「我好想吃披薩。」偉皓說，八歲的他對於追究前因沒有太大的興趣，他只想吃披薩，還有玩電玩。

「又來了，打電話叫啊。」偉霖不屑的說。

「我沒有電話。」

「就算你有電話，這裡也沒有外送店，你醒醒吧。」

「是爸爸不好，爸爸對不起你們。」

「你最大的錯誤，就是生下我們，你和媽都一樣。」偉霖恨恨的說。

「你不能這樣說，你不知道當初你媽發現懷了你的時候，我們有多高興，那時候我還在證券公司上班，像許多年輕夫妻一樣，對未來充滿希望，你出生的時候，只有兩千七百公克，小小的，軟軟的，但是卻有毛茸茸的頭髮，我甚至已經想像到將來有一天牽你走上紅毯……」爸爸說著說著，哽咽了。

眞奇怪，偉霖心裡想，她生下來不胖，怎麼一進入青春期，就顯現了發胖的潛力，身高增加的有限，但是零食一多吃，體重馬上飆漲，簡直像是吹氣球，有一回放寒假，每天在家看漫畫，吃巧克力、洋芋片，結果寒假結束了，她的臉鼓得像一枚柿子。

「如果你不去賭，不和地下錢莊借錢就好了。」偉霖說，一副小大人的口吻，十二歲是個尷尬的年齡，介於兒童和少女之間。

「我以爲可以翻身。」爸爸也後悔了，但是一切都晚了。

「他們來家門口潑油漆，眞是丟死人了。」

偉霖的爸爸想起那時候回到家，看到銀色不鏽鋼大門上寫著：欠債還錢，怵目驚心的紅色油漆，他當時第一個念頭就是，還好爸媽已經過世了，沒看到他狼狽的樣子，能借錢的地方他都借過了，兄弟朋友都怕接到他的電話，他根本無路可走。

「媽媽什麼時候開始不再愛你了？」偉皓問。

「我也常常想這個問題，恐怕很久了，你媽不是個喜歡冒險的人，她不會跟一個剛剛認識的男人走，他們一定交往了一段時間。」爸爸說。

「是你讓她失望。」偉霖說，她站起身，甩著手向左右兩邊搖擺著身子，她還沒參加過舞會，也沒有談過戀愛，那些她從偶像電視劇中看來的情節，她曾經嚮往過的，她甚至還沒用過化妝品，穿過高跟鞋。

「如果媽媽是對爸爸失望，說不定媽媽還是愛著爸爸。」偉皓天眞的說。

「那又怎樣？反正她已經離開我們了。」

「偉霖，不要怪媽媽。」爸爸說。

「爲什麼？我以爲你恨她。」

「這段時間我想了很多，我不怪她了，學習原諒很重要，雖然之前我一直不懂。」

「我恨她不是因爲她離開你，而是她不該拋棄我。」

「也許她打算過些時間，安頓好自己，再來看你們。」

「如果你這樣想，爲什麼不肯給她機會？」

「我……我不知道，我害怕地下錢莊的人傷害你們，他們威脅我說，要把你們賣掉，我不能讓這樣的事發生，而且，我也不希望你們被媽媽拋棄後，又被爸爸拋棄。」爸爸說，他來回踱步，雙手搔著原本就很亂的頭髮。

「媽媽現在知道我們在哪裡嗎？」偉皓問，現在他忘記披薩了，他更想念媽媽，媽媽溫暖的懷抱，還有身上淡淡的玫瑰香，後來他才發現那香味是來自沐浴香皂，奇怪他們用的是同一塊香皀，他的身上卻沒有那樣的味道，一種成熟女人身上散發的淡淡甜香。

「應該知道吧。」爸爸低聲說。

「我想她一定後悔了。」偉霖說，她的眼眶裡有淚，但是她決定不讓它流出來。

「你的手表還會走嗎？」偉皓問姊姊。

偉霖點點頭，眞奇怪時間感不但沒有消失，反而更清楚，但是偉皓顯然不是這樣，他完全失去了時間感，雖然時間感對他們目前的狀態沒有任何幫助，理智的分析，可能還是一種困擾，但是和方向感一樣，這是由不得你選擇的，有就是有，沒有就是沒有，清楚的時間感讓偉霖覺得自己像是一只沙漏，時間一點一點滑過，細沙一般。

不用上學，也沒有電視可看，偉皓不知道時間還有什麼用處，也許因爲這樣，他的時間感就消失了吧。

「哇，電池還挺耐用的。」偉皓說：「姊，如果你可以任意選擇回到過去的某一天，重新過一次，你會選擇哪一天？」

「媽媽離開的那一天。」偉霖想了想之後說。

「爲什麼？」偉皓不解，因爲那實在不是讓人覺得愉快的一天。

「因爲我就可以整天跟著她，不讓她走，也許她沒離開我們，整個事情都會不一樣了。」

「爸爸還是欠地下錢莊錢啊。」偉皓不以爲然。

「你呢？你想回到哪一天？」

「我五歲生日的那一天，那時候不但媽媽沒離開我們，爸爸也沒有欠錢，我記得那天我們去動物園看企鵝，晚上還去吃披薩。」

「你覺得那天很快樂。」偉皓的爸爸說，原來孩子的心願這麼容易滿足，逛動物園和吃披薩，根本花不了多少錢，爲什麼過去他一直覺得賺很多錢很重要，究竟他是從什麼時候開始這樣想的？

「偉皓，如果現在問題變成你可以選擇去過未來的某一天，任意的一天，你會選哪一天呢？」偉霖問，對於偉皓提出的這一個想像選擇題，她有點著迷了。

「我不知道，未來我又沒有經歷過，怎麼知道？你呢？你先說。」

「我啊，大概是大學的畢業舞會吧。」偉霖隨口說，其實她心裡眞正想的是她的婚禮，她想看看自己穿上白紗禮服的樣子，也想看看新郎是什麼樣子？

「喔，我也很想參加大學畢業典禮，電影裡畢業生總是會將學士帽拋向空中，我覺得很酷。」

偉霖重新坐了下來，無聊的想起剛才扔在一旁的髮帶，弓著膝，右手將髮帶繞在左手上，早知道那一天是這樣，她不該用這一條髮帶，應該換上她最喜歡的髮飾，水藍色透明的兩顆星星，繫在頭髮上，猛一看像是兩顆冰塊，她幻想那是來自鄂霍次克海的流冰。

「姊，你不是喜歡你們班上的秦世賢嗎？怎麼你剛才想的事都沒提到他？」

「不要胡扯，誰說我喜歡他？」偉霖不肯承認，以前不承認，現在更沒有必要承認了，她想起秦世賢每天總是穿著乾淨的白襯衫上學，頭髮整整齊齊，看見她會有些不好意思的笑一笑，他的成績很好，態度也很有禮貌，聽說他將來想念生化科技，大概要發明些什麼對人類有用的東西吧，偉霖覺得他是個有大志向的人，不像班上那些男生那麼幼稚。

「幹麼不承認，我喜歡胡薇薇，我從來沒有不承認。」

「你喜歡她，她也喜歡你嗎？」

「我不知道，我本來想等我大一點，再向她表白。」

「你要怎麼表白？」

「送她玫瑰花和巧克力囉。」

「老套。」

「怎麼樣才不老套？」

「寫一首情歌，唱給她聽。」

「反正都已經沒機會了。」

偉皓說的對，再怎麼老套的事，他們也都沒機會做了，偉霖想，如果有她喜歡的男孩送她玫瑰花和巧克力，最好是可愛的心型巧克力，裡面還要有堅果，其實她也會覺得開心的。

「爸爸，你以前怎麼追媽媽的？」偉皓問。

「約她看電影囉。」

「嗯，這個比較簡單，我也會。」

「你送過媽媽花嗎？」偉霖問。

「送過啊，你媽過生日的時候，還有香水。」

「你們原本也是相愛的。」偉霖嘆了一口氣。

「那當然，不然怎麼會有你們。」

「後來竟然變成這樣。」

「故事的結局，沒有人能預先知道。」

那天爸爸從超市買了一大包東西回來，喊他們一起烤肉，爸爸把袋子裡的東西一樣一樣拿出來，有醃好的雞翅和牛小排，還有熱狗、玉米、啤酒、果汁汽水，偉霖問：「去哪裡烤肉？」

「就在家裡。」

「家裡？烤肉不是應該要出去烤嗎？」

「外面太冷，在家裡烤比較舒服。」爸爸說著，架好炭爐開始生火，那天有寒流來襲，晚上的溫度只有攝氏十二度，家裡的窗子全關著，爸爸生好火，打開一罐啤酒喝，還問偉霖和偉皓要不要嘗嘗看，偉霖喝了一口，覺得不太好喝，搖搖頭，爸爸說：「那你們喝果汁汽水，蘋果口味的。」

偉霖和偉皓一人倒了一杯汽水，爸爸把烤架放在烤爐上，然後將雞翅和熱狗鋪在網架上，熱狗很快就烤好了，爸爸給他們兩人一人一根，外皮焦脆的熱狗配汽水眞好吃，爸爸說：「雞翅要用小火慢慢烤，才不會外皮已經焦了，裡面還沒熟。」雞翅的油脂滴在炭上，火燒得更旺了。

爸爸沒叫他們別喝太多汽水，偉皓高興的喝了一杯又一杯，偉霖因爲怕胖，沒敢喝太多，而且她還等著吃雞翅，爸爸什麼都沒吃，只是一罐一罐喝著啤酒，偉霖說：「你怎麼都沒吃？」

「熱狗和玉米是你們小孩吃的，我等著吃牛小排，來，雞翅可以吃了，一人一隻。」

偉皓接過雞翅，立刻咬了一口，「好燙。」他喊，張著嘴往外吐氣。

爸爸笑了笑，沒說他太心急，也沒叫他小心些，只是笑了笑。

偉霖吹了吹雞翅，然後才開始吃，烤得恰到好處的雞翅，淋上檸檬汁，吃起來眞的很香。

他們邊吃邊聊，爸爸一直微笑著聽他們說學校裡的事，很長一段時間，他們沒有這麼開心了，媽媽出走以前，常常爲了錢的事發愁，好幾次還和爸爸大吵起來，有時候連飯都沒做，說是沒錢買菜，就煮泡麵給他們吃，每個人的碗裡多加了一枚水煮荷包蛋，也算是一餐。後來媽媽走了，爸爸身上若是有點錢，就買披薩給他們吃，然後買樂透彩，希望能中獎，但是只中過兩百元。他不再關心偉霖和偉皓學校裡的事，漸漸的，連成績都不在意了，偉皓樂得輕鬆，考試成績再差回家都不用擔心挨罵。

屋子裡因爲炭火十分溫暖，偉霖和偉皓都脫下了外套，偉皓吃飽了，躺在沙發上看電視看得睡著了，爸爸也不管，偉霖的眼皮也愈來愈重，意識愈來愈模糊，她覺得有些累，什麼時候睡著的都搞不清楚，然後再也沒醒過。

一名失業中年男子因爲欠地下錢莊債無力償還，帶著一兒一女在租屋處燒炭自殺，後來新聞是這樣說的，不知道媽媽看到了沒？

「如果那一天你沒有在家裡燒炭，我們還有好多事可以做。」偉霖說：「你甚至沒問我們的意見。」

「爸爸不忍心丟下你們啊，爸爸怕地下錢莊的人傷害你們。」爸爸低聲說，不仔細聽，幾乎聽不清楚他在說什麼。

「可是，我還有好多事沒嘗試過，還有好多夢想……」偉霖以爲自己在吶喊，結果只是喃喃自語。

他們又陷入了沉默，和過去的七個月零五天中大多數的時候一樣，光線暗了下來，如寶石般漂亮的藍紫色光芒消失了，他們在黑暗中，各自想著各自的遺憾。

梅雨

這是一個充滿瑕疵品的世界，她最近突然發現，她應該早一點發現的，她的人生是瑕疵品，過著這樣的人生的她恐怕也是瑕疵品。

是五月裡的一天。

梅雨鋒面滯留台灣，台北已經連下了八天雨，綺軒覺得家裡的沙發都擰得出水來了，屋頂天花板的水泥漆因爲潮濕，一片片剝落，碎在柚木地板上，像是蛋糕上的椰子絲，她幾乎要擔心會招來螞蟻啃嚙，想得渾身發癢。

就是這樣一個讓人對什麼事都提不起興致的下雨天，綺軒坐在公車上，經過一幢剛剛蓋好還沒啓用的大樓，黑洞洞的窗口一層疊過一層，她突然看見其中一層異常的明亮，不是燈光，是因爲靠窗一排鋪著白色檯布的餐桌，雪白的檯布反映出雨天幽微的光，在因爲陰雨而顯得灰撲撲的城市裡，綻放出異樣的光彩，綺軒看見有一個人坐在窗前，只是一眨眼的工夫，那個畫面出現在綺軒面前，只是一眨眼的工夫，公車往前行駛，她回頭看，已經看不見鋪著白色檯布的桌子和坐在窗邊的人。

再回頭，綺軒看見的只有黑洞洞的窗，和其他樓層一樣。

綺軒出神望著窗外，突然有和人說話的衝動，她將手伸進背包，摸出手機，卻想不起來可以打給誰，終於她放棄了，鬆開握住手機的手，讓手機沉落袋底。

她想起來，已經一個星期，沒有任何人打過電話給她。她上一次和人說話，是前天在燒臘店吃三寶飯，問師傅可不可以切鴨胸的部位給她，然後，就沒再說過話，連自言自語都沒有。

一個月前，她丟了工作，究竟是誰不要誰，她分不清楚，她準備好辭呈遞出去的那天，才聽說公司正預備將她調職，調職只是爲了避免支付退職金，其實是讓她在難以接受調職的情況下自動離職。從那時候起，獨居的她就幾乎沒有機會說話，她不是沒有朋友，只是愈來愈不知道如何和他們相處，她覺得，他們並不喜歡她，那麼她呢？她喜歡他們嗎？其實也不盡然，可能只是提不起勁結交新朋友，所以一直斷斷續續的和舊朋友廝混，混一陣，有一方不耐煩快要翻臉了，就失蹤一陣，後來鬧失蹤的時間遠比廝混的時間長。當然也沒人認眞去找，分開後還會再主動出現與對方廝混，其中免不了還是有一些糾纏不清的情結。

雖然生活孤單蒼白到像是搗騰空了的抽屜一般，幻象如此清晰的出現在眼前，倒還是第一次，發生奇怪的經驗卻沒有適合訴說的人，她發現自己缺乏那種什麼事都沒有，也可以隨便打電話哈拉的朋友，愈來愈疏遠的關係，想找人說話打電話時似乎還需要一些藉口：像是我想換個髮型，你覺得你的髮型設計師怎麼樣？或者是我家的水管壞了，你有沒有熟識的水電師傅之類的開場，才不至於覺得尷尬。現在失業的她如果突然打電話給一個久未聯絡的朋友，說她看見一幢尚未完工大樓裡的幻影，恐怕很容易被歸類於精神不正常。三十六歲，失業，單身，已經兩年以上沒有固定男友，這樣的女人在台北本來就讓人質疑她們正遊走在崩潰邊緣，即使用更寬鬆的標準，也很難讓人相信她們是愉悅平靜的。

綺軒決定自己再回到那幢大樓，親自求證剛才看見的幻影，她下了車，撐著傘在雨中等待過馬路，明明是一把才買來的傘，外觀看起來也完好無缺，雨水卻沿著傘柄向下滑落，這是一件瑕疵品，她這樣想，這是一個充滿瑕疵品的世界，她最近突然發現，她應該早一點發現的，她的人生是瑕疵品，過著這樣的人生的她恐怕也是瑕疵品。

年齡愈大，綺軒愈孤僻，這孤僻究竟是她一個人造成的？還是有賴環境促成？她至今依然不敢肯定，她原本也是有許多親密的死黨，一起逛街看電影，晚上不睡覺在電話裡討論新戀情或是咒罵舊男友，可是後來呢？這些死黨一結婚就銷聲匿跡，偶爾打個電話給她們，綺軒選的時間總是不對，等她們有了孩子以後更是如此，不論什麼時候都在忙，漸漸也就不再聯絡了。

嘉卉是一個比較特別的例子，她和綺軒是大學時代的室友，畢業後雖然進入不同的行業，但是一直有密切的來往，直到嘉卉交了一個在藥商作業務的男朋友，談戀愛的嘉卉少了陪綺軒逛街吃飯的時間，甚至時常匆匆結束她的電話，綺軒覺得自己被冷落了，但是她不是因為被冷落才口出惡言，而是她眞的看見嘉卉的男友在餐廳裡和另一個年輕女子十分親密，他靠近她耳邊輕聲說話，伸手將她垂落臉龐的髮絲撥到耳後。她猶豫了幾天後，還是告訴嘉卉了，嘉卉聽了後，有沒有生男友的氣，她不知道，但是顯然她生綺軒的氣了，嘉卉認爲綺軒忌妒她，所以故意挑撥。

綺軒相信嘉卉一定私下質問過男友，並且得到了一個可以接受的答案，所以他們還是結婚了，綺軒出於擔憂，也許也有一部分是出於忌妒，她和朋友說，嘉卉的老公將來會出軌，只是說，不是詛咒，這是有差別的。詛咒帶有預言性質，通常作預言的人也期待事情朝此方向發展，而綺軒只是陳述，根據他過去的行爲作出推斷罷了，就像是夏日午後下過一場暴雨，因此推斷當晚氣溫較爲涼爽一樣，根據的不過是尋常經驗罷了。嘉卉在婚後聽到了多事的朋友轉述綺軒的陳述，朋友的語氣中明顯有挑撥的意味，但她只是好風度的笑笑，她要用幸福證明綺軒是錯的，她優雅的說：「綺軒太寂寞了，所以很難相信別人的幸福。」

三年後，嘉卉的老公眞的外遇了，她氣極敗壞的簽下離婚協議書，一毛贍養費也沒拿到，她哭著打電話給綺軒，說：「現在你滿意了吧，你得到了你一直想要的結果。」直到此時，她們兩人才眞正翻臉，綺軒不解，原來嘉卉可以輕易放過這個話題，有風度的原諒了她，現在她離婚了，在最需要朋友的時候，她卻決定再也不理她。

因爲提前說出眞話的人，不算朋友。綺軒這樣想。

綺軒過了馬路，在公車牌前等車，她不急，有很多時間可以等，以前趕上班打卡，等幾分鐘公車沒來，她就顯得焦躁，現在不會了，失業後的她突然多出很多時間，只失去一點金錢，乍看之下，有時她覺得還挺划算的，而且她一個人生活很簡單，開銷也有限，但是一個月過去後，她實在不知道自己要拿多出來的時間做什麼？

站牌旁站了一個年輕人，戴著眼鏡，耳朵裡塞著耳機聽音樂，一臉無競爭性的表情，他長得很高，手長腳長的，讓綺軒想起念書時交往過的一個男孩，生就手長腳長，卻偏偏四肢不靈活，彷彿生得太長，無法駕馭一般，看著他行走坐臥的動作，老想拿把螺絲起子將關節處鬆脫的螺絲擰緊。

公車來了，綺軒上了車，在窗旁的單人座坐下，男孩立在她身旁，還在聽音樂，有一剎那，她覺得自己又回到了學生時代，他們戀愛的時候，其實他們之間從沒眞正火熱過，男孩對什麼事的態度都很溫吞，他完全不知道綺軒其實也渴盼狂亂，不是持續的狂亂，但至少有過，後來他們分手時也很平靜，原因是男孩要到美國念書，而綺軒因爲沒錢，也沒勁，所以不去，就分開了，沒有爭吵，甚至沒有眼淚。綺軒覺得失望，不是因爲男孩不肯爲了她而留下，而是自己連掉淚的衝動都沒有，即使有點鼻酸，也是可以忍得住不哭的那種。

在年輕的時候沒有談一場狂亂的戀愛，讓綺軒覺得遺憾，她懷疑是不是長相平凡的人，連愛情都比較平凡？俊男美女如果談了一場不夠精采的戀情，別人會認爲那是因爲他們喜歡細水長流，或者是經歷過了大悲大喜後波瀾難再起。但是相貌平庸的人就會讓人覺得屬於他們的愛情本來就該如此，不信你試試看，所有的愛情劇，沒有了帥哥美女就沒有了看頭，再美麗的情節換成醜人演，都成了多餘。

綺軒還有機會嗎？還是屬於她的年輕其實已經全部結束？以前在課堂上，有一位老師說，不要透支年輕，你們不知道透支了的要用什麼還？但是沒用完的部分呢？也並不能存起來留待日後取用，沒用完的和透支的統統都消逝了。

和長腳男孩分手後，綺軒交過一個喜歡電影的男朋友，她常常陪他租一些老片子來看，在他賃居的小房間裡，有一架三十四吋的電視和一台畫質還不錯的影碟機，綺軒記得有一次他租了*Betty Blue*回來看，那麼狂亂的一部電影，他看完後卻說：「法國人用碗喝咖啡欸，而且是那麼大的碗，我以後也要這樣做。」綺軒幾乎愣住，她就坐在他身邊，心情還起伏著，他卻只想到要用大碗喝咖啡。他們只交往了半年就分手了，分手是他提出的，說些什麼他們其實不適合，個性啊，志趣啊，夢想啊，叭啦叭啦的，綺軒心裡想的卻是他用碗喝咖啡，而她用馬克杯，**IKEA**買來的黃色馬克杯。

是因爲寂寞嗎？失業後的一個月，在這座城市中遊走，她一點一滴複習著過往，才發現自己的生活原來如此貧乏。

公車到站了，再往前走一點點，就到了那座還沒竣工的新大樓，她看見幻象的大樓。她沿著騎樓走，穿過大廈門口時，完全沒有猶豫，工人們正在做最後的收尾，她從樓梯上去，應該是三樓，她剛才看見鋪著潔白檯布餐桌的樓層是三樓，她從樓梯間轉到建築物的窗邊，裡面空蕩蕩的，什麼都沒有，距離對街的寬度太寬，不至於有倒影，那麼她看見的眞的是幻象嗎？在空蕩蕩的連地板都還沒鋪的樓裡，她彷彿看見自己的人生，空洞而破敗，她的寂寞巨大得可以塞滿整座大樓，突然，有人喊她：「你在這裡做什麼？」

「沒什麼，我想我走錯了。」

是大樓施工的工人，突然發現有不明分子闖入，綺軒低著頭，飛快走出大樓，耳邊還響著那兩句對話，「你在這裡做什麼？」「沒什麼，我想我走錯了。」她的幻象是為了讓她看清自己的處境嗎？她過往的人生恐怕也是走錯了，街上的雨還是落個不停，這時候的綺軒還不知道，這場雨要再下上五天才會停，接著是高溫晴朗異常炎熱的天氣，將城市裡積留的水氣蒸發，不同於神話故事裡連續數十日大雨形成洪水，她的人生沒有機會重新展開。

冥冥中有個聲音問她：「你在這裡做什麼？」

而她回答：「我想我走錯了。」

那年夏天以後

面對往後的人生，我們不相信自己會幸福，挫折來了，我們心想那是報應，
遺憾發生了，我們覺得那是懲罰……

人生有明顯的分界嗎？像是電影一樣，我們清楚知道故事從哪裡開始？又是到哪結束，或者不是結束，至少是告一段落。然而，人生也是這樣嗎？我們卻常常分不清楚。

但是那一年夏天不一樣，過了那一年夏天，我們的人生似乎走上了另一條路，來到一個完全不同於過往的地方。我們不知道，如果當初沒有走上這一條路，而是別條路，是不是現在的人生就會完全不一樣？

那時候我們以為是人生帶引著我們往下走，冥冥中有一股不得不的強大力量，後來才發現其實還是有選擇的，只是當時不知道，也許因為太年輕，也許因為被時間推擁著，什麼都來不及想，就已經一路往下走，愈走愈遠，甚至沒時間回頭看。

那年夏天，溫度最高的那個月，我們被莫名的焦躁籠罩，覺得有些事似乎再不做就來不及了，至於那些來不及做的究竟是什麼事？其實我們根本不知道。夜裡，我們不想睡，天亮，又睜大一雙眼，不但身體得不到足夠的休息，靈魂更是，二十四小時不停奔跑，疲憊中有著難以言喻的亢奮。

有一天夜裡，到現在我也只能記得那天夜裡的部分，那天的下午到晚上之間究竟發生了些什麼事，我完全想不起來。只記得夜裡，天黑得那麼徹底，氣溫高得不得了，雲層壓得很低，天上沒有星星也沒有月亮，我們開車從陽明山往金山走。在我回想起這件事時，發現我生命中每一個我愛過或愛過我的男人，都曾經和我一起走過這條路，清晨、夜裡、黃昏，不同的時間，不同的男人。但是，那天不一樣，車子每往前奔馳一公尺，車後的道路彷彿就消失了一公尺，我們必須不斷向前追趕，才能趕在道路消失前攀附住前方的路，似乎不這樣奔跑，就會掉下去，掉下懸崖。

天濛濛亮時，我們來到金山，那時我還不知道接下來會發生影響我們往後人生的事件。一整個夏天我焦躁難安，以爲自己背負著當時已意識到錯誤的一段愛情，想要掙脫，又不知該以什麼樣的姿態走開。但，我錯了，有些昆蟲可以預知接下來的命運變化，像是即將下大雨之類的，也許那時我的焦躁，不是爲了正要結束的愛情，而是即將展開的紛亂。

坐在車子裡，我的角度無法從照後鏡中看見自己的臉，我猜想妝已經掉得差不多了，不禁後悔剛才吃完晚餐時應該補妝的，我抽出一張紙巾按了按臉上的油光，並且不切實際的希望糊了的眼影讓我雙眼看起來迷離，而不是狼狽。

「好餓。」我說，我是眞的很餓，但其實只想喝咖啡。

「這麼早，芳鄰還沒開。」光亞說。

那是芳鄰還沒從台北消失的年代。

「可以喝豆漿。」我知道自己這樣說是故意的，其實我們全都依賴咖啡，一天也少不了，可是因爲自己有一點煩躁，所以也不想提出順了別人心意的建議。

「新生南路有二十四小時的咖啡店。」小晏的話音未落，我的眼前已經不爭氣的出現熱咖啡的氤氳，還有烤得微焦的吐司和煎成半熟的荷包蛋。

光亞的眉頭皺了一下，很短暫的一下，我突然想起他和小晏都是新生南路旁那所大學畢業的，是我敏感嗎？對於光亞突然顯出的陌生與距離，那間二十四小時的咖啡店對他而言有特別的意義？是特別的人在那裡？還是特別的事在那裡發生過？

了。

我們已經在一起混了整整十五個小時，沒有人走開過，現在光亞想走開

「好睏，我想回去睡了。」光亞說，他猛打方向盤，將車往回開，對我說：

「經過7—11你先買個三明治吃吧。」

我不置可否，和小晏空著肚子回家，光亞在巷口放下我，他總是這樣，情緒變化快，而且我看不出理由，也許因爲理由與我無關吧。小晏也跟著下車了，光亞的問題是沒有任何預警，隨時可能掉頭離開，當一切行進得平滑和諧有如瓶裝啤酒生產線，金黃色的液體流入瓶中，蓋上金屬瓶蓋，流程無誤，他卻突如其來陷入不耐低潮，希望立刻獨處，或舔舐或隱藏自己的傷口。小晏卻正相反，他不是害怕孤單，而是無法與自己相處，所以只要你勉強還能忍耐，他就一直留在你身邊不走。

小晏選擇和我一起下車，沒繼續留在車上，不是他比較想和我在一起，而是他也知道光亞急於撇開我們，既然他還能纏著我，就可以先讓光亞離開。小晏說：「走，我們去吃東西。」

那時是清晨六點，我問：「眞去喝豆漿啊。」

「麥當勞再過一會兒就開了，我們現在慢慢散步過去，當他們今天第一組客人。」

有咖啡，有我喜歡的鮮肉滿福堡加蛋，這提議對意識逐漸不清的我頗具吸引力，我其實很累了，但是連日的焦躁讓我睡不好。那年夏天，我剛從大學畢業，找不到工作，同居一年的男友另結新歡要和我分手，其實我不是那麼傷心，因爲我們兩個發現彼此處不來已經快半年了，只是房子是他租的，現在分手，我只好搬走，沒工作的我該往哪裡搬，剛分手的前男友基於道義，表示他願意幫我找房子，並且預付三個月房租，但是在說了許多難聽的話之後，我實在無法接受他的提議。於是整夜整夜和小晏、光亞在外面混，早上九點才回去睡，這樣就碰不到去上班的舊情人了，減少幾分尷尬，我說我在找房子，其實他也知道我只是在掩飾自己的無措，一畢業，就失業又失戀，什麼身分都沒了。

就在這時候，我遇到了小晏和光亞，還是大一新生時，我們兩系聯誼去露過營，當時大家挺談得來，但是逐漸各忙各的，失去了聯絡。重新遇上，小晏等當兵，光亞等剛考上的研究所開學，三個擁有無所事事夏天的人，於是湊在一起混，對於未來最茫然的是我，至少在夏天結束前，他們都有了去處。

走到麥當勞門口，麥當勞還沒開始營業，我們決定在門口等，不再換地方。

小晏無聊的念著店門口廣告看板上的食物名稱，一邊誇張的批評，逗得我直笑，精神也恢復了不少，突然，有一雙手臂從身後環住我，我嚇得尖叫，小晏拉他，吼道：「你幹什麼？」我聞到濃濃的酒味，稍一側臉，是一個喝醉酒的流浪漢，我用力掙脫他，小晏也過來拉他，又推又攘，流浪漢鬆開了我，一個踉蹌從人行道摔出了馬路，剛好被一輛疾駛而來的車撞上。慌亂中，我們聽到有人喊：「快，上車。」

是光亞，撞倒流浪漢的車是光亞開的，他不是已經走了嗎？我的腦子一片混亂，小晏拉開車門，將我推上車，光亞迅速開走，過了至少一刻鐘，我們離開撞到流浪漢的地點總有十公里了，光亞才說：「我是不是撞死他了？」

「不至於吧，撞擊力沒那麼大，又沒碾到。」我強自鎮定的說。

「你爲什麼又回來了？」小晏問。

「剛好經過，看見你們，我本來是想下車幫你們。」

「沒事的，頂多腿骨折，我們留意一下新聞。」

「我們是不是該回去看看？」光亞說，他的臉色還是一樣慘白。

「萬一有人認出這輛車？」我覺得光亞的提議有執行的必要，但不能開這輛車，我交代他們兩人去芳鄰等我，折騰了一陣，現在芳鄰也開門了，我坐公車回去繞一下，再搭計程車去芳鄰找他們，應該不會惹人注意。

「光亞，你和彤彤去芳鄰等我，還是我回去看吧。」小晏說。

光亞在公車站牌放下小晏，然後在芳鄰附近停好車，我們仔細檢查了車頭，連凹痕都沒有，烤漆也完整，但是光亞依然是刷白著臉，如果他眞的撞死了一個人，他的前途都毀了。我們推門走進芳鄰，隨便點了早餐組合，因爲芳鄰的咖啡可以無限續杯，所以是上個世紀九〇年代初期我們最喜歡的餐廳之一，小晏曾經在這裡待了整整六個小時，喝了七杯咖啡，一百元有找，而且還有冷氣。

服務生來倒了咖啡，不等煎蛋和吐司，我在黑咖啡裡加了兩顆鮮奶油球、半包糖，就先灌下了一杯咖啡，我發現自己拿咖啡杯的手在發抖，才想起我只看得見光亞的臉色慘白，說不定我更糟，只是看不見。

煎蛋和吐司送上來了，我以爲自己會沒有胃口，想不到吃掉半熟的蛋黃之後，我狼吞虎嚥將盤裡的食物掃完，還覺得沒吃飽，正想加點一份漢堡排，光亞把他的早餐推給我，心虛加上內疚，吃第二份早餐時我減慢了速度，我應該更有道義一些，畢竟如果沒有我，光亞應該不會撞到人。吃完最後一口吐司，請服務生來倒第三杯咖啡時，小晏回來了，他說：「現場什麼都沒有，沒有人，沒有血跡，沒有沖洗痕跡，沒有白漆畫的人形。」

服務生過來讓小晏點餐，我們全都住了口，小晏潦草的說：「和他們一樣，咖啡先給我。」

地上如果有白漆畫的人形，就表示有人被撞死了，既然沒有，應該還好，而且小晏說連血跡都沒有。

接下來幾天，我盡可能收看電視新聞，到圖書館翻看閱覽室裡提供的所有報紙，都沒看到這一起車禍的報導，倒是看到台中一家畫廊徵行政助理的應聘啓事，我寄了簡歷過去，半個月後，我到台中工作，小晏收到入伍令，光亞到新竹念研究所，夏天過去了，和三年前一樣，我們又陷入各忙各的生活，在手機還不普遍的年代裡，逐漸失去聯絡。

沒多久，芳鄰結束營業，從台北街頭消失，有時候走在街上，看見二十四小時營業的麥當勞，我會忍不住想如果那時候就有不打烊的麥當勞，就不會發生那件事了，那個被撞的流浪漢究竟怎麼樣了？我卻沒有勇氣往下想。

也許我們失去聯絡，不是自然促成，而是刻意疏遠，因爲我們都害怕想起這件往事。

再重逢，我們已經三十四歲，距離那件事的發生，已經過了整整十二年。我回到台北，在一家畫廊擔任經理，也是夏天，燠熱的午後時光，午餐時間剛過，畫廊走進一個人，默默在畫作前瀏覽，我盯著他足足有五分鐘，眼光隨著他移動，終於，我確定了他是光亞，我走到他面前，喊他，他轉頭看我，怔了幾秒，臉上的表情十分複雜，從詫異驚喜轉成冷漠憂懼，我的出現讓他想起了不想想起的事。

「好久不見，過得好嗎？我在這裡上班，沒見過你。」我極力扮出自然，想遮掩我們同時憶起的往事。

「我第一次來，想買一幅畫送給老闆。」

「買畫當禮物，混得不錯喔，我可以給你折扣。」我不知道自己的故作輕鬆會不會給光亞更大的壓力。

光亞掏出一張名片給我，他是所謂的科技新貴，果然混得不錯。光亞踏進門時屋外還是熾烈難當的豔陽，一轉眼工夫，已經烏雲密布，下起熱對流造成的午後雷雨，雨勢壯大如潑水一般，撐傘叫計程車的當口就能淋濕。我聳聳肩說：「下雨天，留客天，看完畫到我辦公室坐一下吧。」

光亞挑了一幅畫，尺幅不算大，我給了他不錯的折扣，他其實不是湊巧走進，而是他知道現在舉行的畫展正好是老闆喜歡的畫家，他在網上查過了。我引他進入我的辦公室，請助理倒了咖啡，我們已經過了喜歡無限續杯的年齡，光亞說念完碩士、當完兵，他到美國讀博士，在美國工作了幾年，去年才回到台灣。

「以前的朋友大多失了聯絡。」光亞喝了一口咖啡，稱讚很香。

「結婚了吧？」這個話題是我們的安全地帶，和那天凌晨的事完全無關，而且應該發生在那件事之後夠久。

光亞先點點頭，然後說：「回來之前，離了。」

「有孩子嗎？」

光亞搖頭，問：「你呢？」

「有沒有離婚？還是有沒有孩子？」我開玩笑。

光亞笑了：「你結婚了嗎？」

「沒有，我是婚姻市場上的滯銷品。」我說，這十二年，我談了三場戀愛，第一個男人不願意踏進婚姻，第二個男人遇到我時已經擁有婚姻，第三個男人最後走入婚姻，但不是和我。

「有小晏的消息嗎？」我們兩個人同時說，說完相視一笑，知道對方也沒答案。

那次偶遇之後，我好幾次拿出光亞的名片，猶豫要不要打給他，只是老朋友一起吃個飯，有一次，我甚至拿起話筒按了五個號碼，最後都還是作罷。其實，十二年前的夏天，我有點喜歡光亞，我心裡知道，光亞也對我有好感，但是當時還沒從同居前男友的公寓搬出來，我固執的認爲不是開始新戀情的好時機，接著就發生了那件事，如果當時沒有那件事，我會不會和光亞交往，甚至和他一起去美國？我常常暗自揣想，故事的各種可能。

十二年過去了，如今他對我依然有好感嗎？

兩個月後，我接到了光亞的電話，剛接通，他就說：「你等一下，有人要跟你說話。」是小晏，小晏說：「你在哪裡？我們來接你。」小晏的態度倒是大方，或者他依然是只要你還能忍受，他就願意留在你身邊，好過和自己相處。

「我還在畫廊。」

「那好，光亞說他知道地方，半個小時後到。」

原來他們班同學會，光亞第一次參加，他猜想會遇到小晏，如果他在國內。小晏服完兵役後，一直在台北工作，我反而沒遇到過他，光亞才回來半年多，我們就遇到了。

「可見你沒文化。」光亞對小晏說。

小晏帶我們去了一家小酒吧，要了一瓶威士忌，一碟腰果下酒，服務生送來厚重的透明杯，比一般威士忌酒杯大了許多，裡面放著整塊角冰，冰刀鑿的。

「喝酒倒挺專業的。」光亞又消遣小晏，他今天看起來心情不錯。

「你是科技新貴，我是生意人。」小晏說。

「有機會照顧我們一下生意。」我說。

「沒問題，藝術品代替回扣，現在正流行。」小晏大方回答。

我忽然想起光亞兩個月前買的那幅畫，也許不單純是件禮物。

起初，我們有一搭沒一搭喝著，兩杯過後，時間突然變快了，喝酒總是這樣，像一個陷阱，前兩個小時時間如常，後兩個小時飛快消逝，也許人生也是這樣。

光亞拿起杯子，喝了一口威士忌，突然問：「你們後來有再去過那家麥當勞嗎？」

霎時，我們三個人的記憶同時回到十二年前那個夏日清晨，在十二年後我們首度重聚的夜晚，這就是爲什麼我們彼此失去音訊的原因，我們的存在互相提醒著那個清晨。

我想他終於提出這個懸案，顯然花了不少時間鼓足勇氣，還得加上酒精的催化。

「我後來回去過，找到那天清晨打工的人，他竟然說不知道，他不知道開店前十分鐘在他們店門口發生過車禍。」光亞說。

我們已經喝了半瓶威士忌，我猜想光亞有點醉了。

「我也回去問過，得到的答案和你一樣，甚至沒人在那附近看過那個流浪漢。」小晏說：「有一度，我甚至懷疑是不是我們集體記憶錯置，那件事根本沒發生。」

光亞看了小晏一眼，笑了起來，呵呵笑了五分鐘，那笑聲讓人發顫，覺得他就要岔氣，光亞說：「集體記憶錯置，虧你想得出來，這樣你就可以釋懷了嗎？」

「不能，就是不能，我才會寧願是我們心神喪失，七年前，我甚至找了人查附近派出所的資料，也完全沒有紀錄。」

「也許他只有輕微擦傷，我們走了後，他也走了。」我試著緩和氣氛。

「你說得輕鬆，因爲車子不是你們開的。」光亞說：「我的人生全毀了，你們知道嗎？」

「那件事情眞要說起道義責任，我們三個人應該是均分吧，事情因我而起，小晏推流浪漢摔出馬路，光亞開車撞到他。」我以爲我是公平的，但世上沒有一件事是眞正公平，我企圖公平，其實也只是一種僞善，至少覺得自己沒有企圖撇清，推卸責任。

「我不敢開車，只要坐在駕駛座後面，我就看見車頭撞向他的畫面，他一次又一次在我眼前跌倒翻滾，好幾次我作噩夢，我甚至不敢要孩子，擔心會是他的鬼魂來找我報復。」

「這是你離婚的原因嗎？」我問。

光亞沒有回答，他說：「在美國八年，我以爲離開台北可以讓我逐漸忘記這件事，但是沒有用。三年前，我太太懷孕，我瞞著她專程回來請人做法事超渡，等我回去，醫生宣告胎死腹中。」

「我們並不能確定有人死了，你超渡誰啊？」小晏沒好氣的說：「我看你是因爲事業一帆風順，沒別的可煩，才一直記掛著這件事。」

光亞惡狠狠瞪著小晏，我也覺得小晏這句話說得有點過，於是我說：「我們都沒法忘啊，所以我們才不聯絡，你們看，一碰面果然這樣。」

我其實一直想問另一個問題，那天清晨，光亞明明已經走了，爲什麼又繞回來找我們？

光亞和小晏安靜了，半晌，小晏舉杯碰光亞的杯，光亞開始不理他，小晏又碰了一次，光亞拿起杯子，一口喝乾了杯中的酒。那天，我們三個人喝完一瓶威士忌，離開酒吧時已經是凌晨三點，我突然想回十二年前撞人的現場看看，念頭剛閃過，我立刻克制自己沒說，三個喝醉的人，實在不該再挑起事端。酒吧老闆幫我們叫了兩輛車，小晏說他送我，車上我們沒再提起那件事，小晏也沒結婚，前一個女朋友兩個月前分手，我問他還在情傷嗎？他回答覺得鬆了一口氣，又可以自由自在過日子。

十二年後重聚，我們都是孑然一身。

一個星期後，小晏打電話約我吃早餐，我有點意外，不是午餐，不是晚餐，不是出來喝杯飲料，而是早餐，他知道我十一點才進畫廊，說八點半在我家樓下等我，他開車來接我，放下電話，我想，他並沒有因爲那次的事件恐懼開車，轉念又想到，當然，因爲出事那天不是他開的車。

小晏帶我去畫廊附近一家日系咖啡連鎖店，十二年前我們也是因爲要去吃早餐，才會發生那件事，我不想再提起什麼，連芳鄰消失的事，都不想再提。我突然有一個疑問，如果連麥當勞也消失了，是不是我們的記憶也會變得不一樣，變得更沒有憑據。

我們吃著炒蛋和吐司，喝著咖啡，感覺很快回到從前。

「炒蛋很好吃。」我說，半熟的炒蛋吃起來芳香多汁。

「我就知道你會喜歡。」

接下來，每個星期小晏總會約我吃兩、三次早餐，都是早餐，我以爲他晚上有應酬，畢竟做生意，一個月過去了，吃了十幾次早餐，我突然明白了，他只約我吃早餐，因爲光亞九點上班，這樣他就不用約光亞。爲什麼他要避開光亞和我見面，是因爲那晚一起喝酒光亞說的話讓他有壓力，還是有別的因素。

一個週末，光亞約我和小晏出來喝酒，這一次地點是光亞提議的，喝的是紅酒，風格優雅的酒吧，我們坐在設計感十足但是舒適感不足的沙發上用陳年豪達起士下紅酒，小晏不斷抽菸，有時抽兩口，就在菸灰缸裡捻熄，才熄掉，又拿起那支餘煙未盡的菸點燃，不知道有多不安，他究竟在焦慮些什麼？和平常一起吃早餐的他完全不一樣，該不會這就是讓他焦慮的原因吧，他怕我提起他約我吃早餐的事，他不想讓光亞知道，我暗自猜想。

然而，有一個龐大的煩惱困擾了我們十二年，背著光亞一起吃早餐應該是微不足道的事吧。

在這個龐大的困擾中，我們三個人既是問題的根源，也是答案的所在，至於那個更關鍵、更舉足輕重的流浪漢，我們根本找不到他。

第一瓶紅酒的時光，我們故作輕鬆的聊著彼此的近況，我逐漸意識到光亞的工作壓力比我想像中大，而小晏的財務壓力則比我所能想像的沉重，生活本來就不容易，爲什麼我們不能放下那一場晦暗不明的車禍，也許只是被年輕的我們誇大了的過失殺人事件，企圖擺脫自責是這麼不可原諒嗎？光亞招來服務生，又要了一瓶紅酒，我受不了小晏的焦躁，雖然我不能確定原因，但我決定直接拆穿他，這樣，至少不會覺得有件事瞞著光亞，也許眞正心虛的是我，不是小晏。

「光亞，找個週末，我們一起去吃早餐，我和小晏有時候一起去吃早餐。」光亞的臉上黯了一下，也許是我自己多心，但如果是眞的，他在意的是我們沒約他，還是「早餐」又讓他想起那天的事。

「你九點上班，所以沒約你。」小晏解釋著。

「光亞，那天早晨，你說你要回去了，在巷口放下我們，爲什麼又會經過麥當勞？你家不在那個方向，而且距離你放下我們已經過了將近半個小時。」在喝了一杯今晚第二瓶的紅酒後，我說出了存在心裡十二年的疑問，並且緊緊盯著光亞，眼光沒有移開。

光亞轉著杯子，重複轉著，然後喝了一口，說：「因爲小晏告訴我他想追你，所以我想他會希望你們擁有一些獨處的時間，那時候他就快要去當兵了，我們總是三個人一起混，他怎麼追你？」

所以光亞突然厭煩走開，以及小晏賴著不走，是因爲我，不是因爲他們個人曲折的情緒？

「我想現在小晏還是喜歡你的，也許不是一直喜歡了十二年，至少是重逢後，他發現當年沒能蓬勃生長的情愫還在。」光亞繼續說。

「小晏，光亞說的是眞的嗎？」我轉頭問小晏。

「是眞的，我只是想找合適的時機表白，我是喜歡彤彤，至少我敢承認。」

「好朋友之間，這種事根本是誰先說誰就贏，如果不是你發現我種了一盆玫瑰，本來要等開花時送給彤彤，你知道我喜歡她，就故意搶先一步告訴我，告訴我，而不是告訴彤彤，因爲當時你根本沒把握，不只是對彤彤沒有，對你自己也沒有，你告訴我只是要我退讓，只是爲自己清除競爭者，你一向擅於玩這些小手段，現在得意商場，因爲你的手段玩得更卑鄙。」

原來，這一個困擾了我們十二年的龐大煩惱，和背著光亞一起吃早餐有關，如果不是小晏宣告追求我，十二年前那個清晨我們很可能坐在新生南路的二十四小時餐廳，吃漢堡喝咖啡，根本不會遇到那個流浪漢。

「是你不甘心，才會轉回來，才會發生接下來的事，你並沒有眞心退讓。」小晏提高分貝。

「爲什麼應該是我退讓？」光亞大聲問，小晏沒有回答。

我靜默的喝著酒，第二瓶的第二杯，找不出適當的言語開解我們三個人。

「你說的對，我不甘心，如果我退讓了，我就不會撞到人，就不會終生陷在這場噩夢裡，醒不過來。」光亞說，他把臉埋進雙手，我想他喝多了。

光亞拿起酒瓶，要倒酒，發現酒瓶已經空了，他招手叫來服務生，要了第三瓶酒，後來，小晏喝多了，我也喝多了，我甚至不記得那天是誰送我回家。

那時我們都太年輕，背負著害死一條人命的恐懼，面對往後的人生，我們不相信自己會幸福，挫折來了，我們心想那是報應，遺憾發生了，我們覺得那是懲罰，我們放棄爭取，放棄追求，任由自己漂流，擁有的工作成績其實是為了麻痺自己所累積出來的，感情之路處處坎坷，難以言喻，都是自己糾結失常的心神促成，一步一步走向難堪的終結。

那次三個人一起喝酒後，小晏兩個星期沒有打電話找我吃早餐，我正猶豫著該不該主動打電話給他，也許找一個週末，三個人一起早餐，化解掉尷尬，又或者其實我們三個人在經歷了一場共同的噩夢後，根本應該各走各的路，我們再聚在一起，只會讓彼此的負能量倍數成長，堆積環繞出一個幽冥凶惡的磁場。就在我猶豫的時候，一天，經過書店，我看見小晏的照片出現在一本商業雜誌的封面上，記者訪問他經商之道，登堂入室介紹他的居家品味，也直截了當問他為什麼家中什麼都有，獨缺女主人。

我買了那本雜誌，一回到畫廊，立刻撥電話給小晏，跟他說我看到那本雜誌了。小晏電話裡的語氣顯得異常亢奮，他說：「不只是你看到了，你絕對想不到還有誰看到了。」

「光亞嗎？他打電話給你了？」不愉快消失比我想的還快。

「那個流浪漢，那個流浪漢打電話給我，他沒有死，彤彤，他沒有死呀。」

小晏接到的電話讓我大爲驚詫，立刻找到光亞，三個人放下工作聚在一起，光亞還沒看到那本雜誌。

「那個流浪漢看到雜誌，竟然認出了我，他打電話來勒索我，說我打他，將他推向馬路，意圖置他於死地。天哪，他沒有死，他活著，到現在還好好的活著。」

小晏高興得語無倫次，纏繞我們多年的噩夢現在解開了，光亞沒有撞死人，光亞啜泣了起來，他爲了根本沒有發生的事，苦苦煎熬了十二年，我們都是。眞沒想到一通勒索電話會讓我們喜極而泣，人生的詭異到了難以想像的地步。

知道自己面對的是一個活的無賴，不是一個枉死的鬼魂，接下來的人生，我們也和別人一樣有資格追求。我們一起吃晚餐慶祝，至於勒索的事，過了今天我們才打算思考，煎熬十二年，終於放下心中大石。晚上十點，我們步出餐廳，我看著身旁的兩個男人，忍不住想十二年前一場車禍改變了我們，現在沒有人在車禍中喪生的眞相，是不是又將繼續影響著我們？我們的人生將朝哪個方向改變，十二年建立的扭曲價値觀將遭破滅，但破滅後新建立的價値觀就眞的比較好嗎？

那年夏天過後，我們的人生走上了另一條路，來到一個完全不同於過往的地方。我們無法知道，如果當初沒有走上這一條路，而是別條路，是不是現在的人生就會完全不一樣？冥冥中有一股強大力量引領著我們的人生往下走，被時間推擁著，一路往下走，愈走愈遠，回頭看時以爲自己能看眞切，其實只是錯覺。

沒有人眞的看得清，至少我是這樣想的，在一場冗長的噩夢醒來之際，可不可能只是要邁入另一場噩夢？就像十二年前的那個夜裡，我們的車每往前奔馳一公尺，車後的道路彷彿就消失了一公尺，我們必須不斷向前追趕，才能趕在道路消失前攀附住前方的路，不這樣奔跑，就會掉下去，掉下懸崖。

以後我將知道時間才是眞正的懸崖，已經發生的事固然無法改變，沒有發生但你以爲發生了的事，在你身上引起的作用，其實也一樣無法更改。

晚上十點，興高采烈步出餐廳的我們，當時卻還不明白。

九槐村的裁縫

田裡的油菜抽長得很快，大約就要開花了，到時一片鵝黃的花穗，連阿寶這樣實際的人，看著都覺得漂亮。夕陽映照著黃土，橙紅的霞光彷彿罩了一層黃紗，朦朦朧朧的。

公路上，車子一駛過，便立刻揚起一陣煙塵，黃色的土塵揚得又高又嗆，濃濁得像是倒入清水中的墨汁，塵土飛揚在陽光下的空氣裡，懸浮的顆粒看起來粒粒分明，引起塵土的車都走得老遠了，連車屁股也早已看不見，煙塵還是不肯散去，兀自在那堅持。

阿寶天天蹲在路邊看車，這公路修好才幾個月，剛修好時，路面光滑亮潔，沒多久，路旁的黃土幾乎淹沒了水泥路，雨水帶著泥、風吹著沙、車輛揚起灰塵，最後全落在了路面上，車輛經過，煙塵一陣濃過一陣，不過，這並不使阿寶，或者是其他路旁的居民感到困擾，一天了不起有十輛車經過，只是經過，連停都不停，就是沒車經過，風也會捲起沙從門窗的縫隙中掃進屋裡。九槐村，阿寶出生的村子，距離最近的城市，坐車還要五個小時，車輛經過這兒，爲的不是要停下，而是要去下一個開車還要七個小時的城市。

九槐村有七十幾戶人家，但是只有一百多口人，年輕人都到城裡打工了，只有阿寶不想去，雖然村子裡人不多，沿著公路旁倒還是開了幾家商店，由東往西數，有藥店、雜貨店、理髮店、麵店，雜貨店一個月可以賣出去一箱可樂果汁什麼的，多半還是賣給路過的人，村子裡的人只去雜貨店買菸，沒錢買可樂，要有錢，寧可買酒，至少喝了酒，時間過得快些。

這一天，經過九槐村的一輛小巴士停了下來，從車上下來一個男人，約莫三十多歲，是個外地人，阿寶從沒見過他，九槐村的人阿寶全見過，除非這個人二十年沒回過家，他看見阿寶，朝阿寶點點頭，等灰塵落定後，點了一根菸，抽兩口，然後說：

「這兒有旅館嗎？」

阿寶搖搖頭，覺得他說的這話很新鮮，沒人來這住店，凡是來九槐村的人，若不是家在這裡，也必定有親戚在這裡，如果兩者皆無，根本不會停在這兒，阿寶說：「你來找人。」

「不，不找人，這兒沒我認識的人。」男人把菸蒂丟在地上，用腳踩熄了。

「那你來這兒幹麼？」

「看看。」

「這兒有什麼好看的？」阿寶狐疑的問。

「那我可不知道，我是第一次來。」

「你打算待多久？」

「我也不知道，十天半個月吧。」

「住我家的屋吧，一天二十塊錢。」阿寶說，他開了一個自己以爲挺高的價錢，他聽別人說上城裡打工，一個月能掙三百塊錢，如果這男人肯住在這，那阿寶什麼都不用做，只要把叔叔的房子打掃打掃，準備一套被褥枕頭，半個月就能賺三百元，反正叔叔在城裡結婚了，不會回來了。

「能不能帶我看看。」

阿寶站起身，男人拎著行李包隨他走，距離公路旁兩、三百公尺，並排著兩間屋子，雖然有些舊，倒是方方正正齊齊整整的兩間磚瓦房，一間大些，有六、七十平方公尺，阿寶和爸爸住，另一間小些，五十平方公尺吧，是爺爺生前找人蓋的，原本要給叔叔成親用，叔叔到城裡，就住在那了，只回了九槐村一次，是爺爺過世的時候，爺爺都不在了，叔叔更不會回來了。

男人推開門，看了看房子，打開窗，午後的陽光暖融融的照著屋子。

「好，一天二十塊。」男人就這麼住了下來。

男人告訴阿寶，他姓沈，阿寶便管他叫沈大哥，時間久了，圖省事，只叫大哥。

沒人知道沈蒙究竟從哪裡來，他說從城裡，可究竟是哪一座城，卻沒有人問過。男人開始做起裁縫的營生，他首先免費爲阿寶和阿寶爸各做了一件襯衫，阿寶爸過意不去，請沈蒙吃飯，一碟青菜，一碟辣椒炒豆乾，還燒了一塊肥豬肉，末了，叫阿寶到店裡買了一瓶二鍋頭，酒酣耳熱之際，他大大讚揚沈蒙的手藝，頗爲他在鄉下埋沒了感到遺憾，認爲他該在城裡開店，鄉下地方，能有多少人做衣裳呢，不過，爲了合理，既然沈蒙這會兒有長住九槐村的意思，他主動將房子的日租二十元，改成月租四百元。

一個多月過去了，沈蒙果然沒接到任何生意，終於在入冬時，有人想到要做件外套，找上了沈蒙，沈蒙陸續要人從城裡捎來好些布，都是經過九槐村的貨運車順道帶來的，外套做好了，村民看著沈蒙手藝不錯，收費也不貴，幾個老人來挑料子做衣服，嘴上不說，其實做的不是爲了活著時穿的衣裳，這裡山高路遠，每日黃土沸沸揚揚的薰著，鬧著，新衣服穿上身，誰看。但是若要死了，那可不同，那是件大事，和出生結婚一般的人生大事，指不定得穿著那一套衣服見誰，而且是一生中最後穿上身的衣裳，往後很可能再不換了，總要穿得體面一些。所以嚴格說起來，他們做的是壽衣，只是因爲心裡有忌諱，所以嘴上並不說破。

沈蒙心裡倒是明白，做得非常講究，式樣穩重，壽衣不用趕流行，如果套用時尚用語，應該是要式樣中規中矩，大方不退流行才對。阿寶年紀還小，不懂得其中緣故，心想，怎麼愛漂亮的都是些老先生老太太，衣服做好了，卻又不見他們穿出來，阿寶對沈蒙說，有了新衣服，還捨不得穿，明年長胖了，可就穿不下了，那才冤哪。沈蒙聽了，微微一笑，並不回答。只心下琢磨著，眞要細說，這又是什麼樣的緣法，他大老遠來到這村子，竟爲一群素昧平生，根本沒有機會相遇的老人縫製了日後他們將穿著走的衣裳。

九槐村雖然居民很少，但是過年還是挺熱鬧，各家各戶早早灌了香腸醃了臘肉，晾在自家院裡，阿寶爸見沈蒙一個人，約他來家裡吃年夜飯，沈蒙買了酒，還帶了一塊年糕來，阿寶爸準備了年菜，其實也就是香腸臘肉、饅頭，和一個吃涮肉的白菜火鍋，炭爐子火一生，屋裡倒是很暖和，幾杯二鍋頭下肚，熱湯一喝，連棉襖都穿不住了，平日阿寶爸不讓阿寶喝酒，不過今天過年，阿寶也一起湊興，喝了幾杯。

「沈大哥，城裡不是挺好嗎，你幹麼來咱這小破村？」阿寶問。

「體驗體驗農村生活。」沈蒙從火鍋裡撈了一塊白菜吃，隨口回答，聽起來像是玩笑，但阿寶並沒有聽出來。

「有啥好體驗的？」

「生活節奏慢，就算是休息一陣好了。」

「這我懂了，休息夠了再回城裡，我在電視上看過，這叫做充電，重新再出發。」

「你又懂了，電視上看來的，全都是眞的嗎？」阿寶爸不以爲然的說。

「怎麼不是眞的，你沒親眼看過，就不相信，大哥，你說對不對，我爸一輩子待在這山坳裡，沒見過的東西多著呢！」

沈蒙嘿嘿笑了兩聲，自顧自喝了一口酒。

「你說電視上的都是眞的，我就搞不懂，那些人背著鋼瓶到海裡做什麼，老天爺如果要人去水裡，會給人一副鰓的，萬物各有自己的地盤，該在哪就好生在哪待著唄。」

阿寶爸理直氣壯的說，九槐村在山坳裡，生活靠井水，離最近的一條河還有三十幾公里，阿寶爸除了在電視上，從沒看過海。

「阿寶想去城裡嗎？」沈蒙問。

「不想，你沒聽咱爸說，該在哪就好生在哪待著唄。」

年初二，九槐村來了一個漂亮女人，她是白家嫁出去的女兒，叫白揚，出嫁三年了，這還是頭一回回來，她嫁得很遠，在沿海，得先搭兩個多小時飛機，再搭五個多小時車，花時間不說，來回一趟旅費也夠白家過半年了。白揚的爸媽都不在了，只剩下一個親叔叔，叔叔是嫡親的，而且她爸爸只有這個弟弟，可是她離家前和嬸嬸處得不好，倒也不是說白揚的嬸嬸人不好，實在是家裡太窮，多一口人吃飯就多費一份糧。白揚十七歲那年，攢了一趟車錢，就離家了，沒人知道她去哪，三年後她捎信回來說嫁人了，寄了一張穿白紗的相片，那裝扮村裡人只在電視上看過，九槐村的女人婚嫁時不穿白紗，只是新做一套紅衣裳。大家都說白揚嫁了一個有錢人，她還給叔叔寄了一筆錢，她嬸嬸用來買了一個冰箱，從此，她逢人便說白揚有多乖巧，多可疼。離家六年，這是白揚頭一回回來，一個人。

白揚的嬸嬸殺了一隻雞，說白揚瘦了，得好好補一補。阿寶記得白揚在九槐村時長得挺結實的，圓圓的腰身和胳臂，每天挑著兩桶水從阿寶家門前經過。阿寶去白家看白揚，發現她眞的瘦了，那腰身僅夠雙手一握，原本蜜色的臉蛋，現在白得像槐花。阿寶比白揚小兩歲，小時候總在一起玩，可是白揚比阿寶聰明，他總不知道她在想些什麼，他更不知道她哪來那麼大的勇氣，離開家，去到完全陌生的城裡，沒一條認識的路，沒一個認識的人，連講的話都不一樣。

「白揚，你過得不好，是不是，看你瘦的。」

「我很好，住大房子，開汽車，瘦是流行，城裡人都瘦。」

「爲什麼，城裡吃不飽嗎？」

「瘦才好看，你看電視上的女明星不都是瘦瘦的，爲了怕胖，我不是吃不飽，是不敢吃飽。」

「你以前不就爲了嬸嬸嫌你吃得多，所以離家，離了家，咋你又不敢吃飽了，同樣吃不飽，費那麼大的事。」

「不一樣的，你不懂，城裡人爲了減掉身上一斤肉，肯花錢買藥吃，那藥還特別貴，有些人怕胖，又忍不住要吃，就將吃下去的食物再嘔出來，有的人還得了厭食症，我只不過是少吃些，沒什麼。」白揚說。

「厭食症，那是什麼？」

「吃不下東西，不論多好吃的食物，都吃不下，看了就想吐。」

「原來城裡住了一群瘋子。」阿寶若有所悟。

「你不懂，不跟你說了。」

「怎麼你一個人回來，你嫁的人，我們全村都沒見過。」

「他很忙，做生意嘛，走不開。」

「過年也要做生意，賣爆竹啊。」

「瞎扯，他和外國人做生意，外國人過耶誕節，不過中國人的春節。」

阿寶點點頭。

白揚這回回來，除了給叔叔一個大紅包，叔叔嬸嬸一對進口時髦對表，堂弟一只遊戲機，還特意給嬸嬸買了一條金鍊子，嬸嬸高興得不得了，白揚睡在她離家前睡的屋裡，屋子雖舊，被褥枕頭全是新的，粉紅色的枕頭套，粉紅色的被套，閃耀著緞面的光澤，華麗中夾雜著土氣，白揚知道，她離家後這屋子早讓堂弟占了，現她回來，堂弟暫時挪去和叔叔嬸嬸擠一間房。

白揚回到九槐村，很少出來走動，回來的第二天，阿寶來看她，兩個人都大了，又分開那麼久，他不好老在白揚屋裡待著。接下來幾天，阿寶都沒見著白揚，見著白揚的叔叔，他便問了一聲，叔叔回答，白揚說怕曬黑，這幾日太陽大，連太陽都怕曬，難怪她那麼白。城裡人真怪，不敢曬太陽，不敢吃飽，阿寶覺得自己決意留在九槐村是對的。

沈蒙看白揚一回來，阿寶隔天便忙不迭的去看她，便問阿寶，他以前是不是喜歡白揚。

「白揚很好，不過我從小就知道她不可能喜歡我，她的心太高。」

「因爲覺得她不會喜歡你，你對她就沒有心動的感覺了嗎？」沈蒙問。

「什麼心動，那對我來說是電視裡的人才有的說法，白揚是我的朋友，至少我是這樣想的，其他到城裡的人，我也覺得他們還是我的朋友，可是他們似乎不這樣覺得，可能是因爲我一直留在這裡，沒離開過，也沒別的朋友，而他們在城裡，交了許多新朋友吧。」

黃昏，阿寶又蹲在公路邊看車，天色逐漸暗了，他想今天可能沒車經過這兒了，本想轉身回家，一時興起，往村後的菜圃走，田裡的油菜抽長得很快，大約就要開花了，到時一片鵝黃的花穗，連阿寶這樣實際的人，看著都覺得漂亮。夕陽映照著黃土，橙紅的霞光彷彿罩了一層黃紗，朦朦朧朧的，他看見林子裡有一個苗條的身影，是白揚，他喊了一聲，原來白揚眞怕曬黑，黃昏了才出來。

「是你。」白揚淡淡的說。

「也該出來走走，一直待在屋裡不好。」
「有點乏，懶得出來走。」
「我們家來了個房客，是個裁縫，手藝不錯。」
「裁縫來這，能有生意嗎？」白揚問，隨手摘了一片油菜葉，在手裡把玩。
「誰知道，他說來體驗生活，也許在城裡他並不是個裁縫。」
白揚不言語，她的態度有些不自然，只是阿寶太不敏感，而白揚又離開太久，所以阿寶並沒有察覺。
「來我們家吃晚飯吧，今晚吃拌麵，你還像以前一樣愛吃辣嗎？」
白揚搖搖頭，說：「出去後，我才發現自己不是眞愛吃辣，只是以前沒啥菜，辣才好下飯。」
「那你不吃辣了。」
「也不是，阿寶，你知道嗎?原來辣有很多種，我們在村裡，只知道辣椒的辣，辣口又燒胃，外面還有胡椒和芥末，胡椒讓人聞了打噴嚏，芥末是淺綠色的，剛吃進嘴裡並不覺得辣，一會兒就衝鼻子，會掉眼淚。」

阿寶不懂，辣還分那麼多種，他說：「我只知道大蒜也辣。」

白揚隨阿寶回家，順道經過叔叔家時，她和嬸嬸說了一聲，阿寶看見沈蒙，和他介紹了白揚，要他一起來吃飯，沈蒙只稍稍推辭了一下，便隨阿寶回家了，阿寶爸多下了兩把麵，說好久沒見到白揚，四個人分據方桌的四個面，坐下來吃麵，吃的是炸醬麵，桌上還有一碟香腸和豆乾。

「白揚啊，聽你叔叔說你住在沿海，那你一定看過海囉。」

「是啊，城裡人喜歡到海邊玩，海很大，看不到邊的，他們說看了讓人心情開闊。」

白揚回答，她把碗裡大半的麵都分給了阿寶。

「要小心，海不是人該去的地。」阿寶爸說。

「那不是地。」阿寶頂他。

阿寶爸瞪了兒子一眼，說：「年前，我在電視上看到，那個什麼海發生了海嘯，海全淹到陸上了。」

「那是印度洋。」阿寶說。

「大海全是相通的，要小心，年前的海嘯殺死了好多人。」
「平常海看起來很安靜，浪一波一波捲上沙灘，是挺美的。」白揚說。
「沈先生也看過海吧。」阿寶爸問，他對海很好奇，真要追究起來其實他連河也沒見過幾次。
「看過。」
「我就並不想看海，要我出去了，寧願去看大樓。」阿寶說。
「阿寶想離開村子，去外面看看嗎？」沈蒙問。
「不想，電視上看看就行了。」
四個人吃完麵，白揚說要回去了，沈蒙說想散散步，吃得太飽了，順道陪白揚走回去。
白揚等走遠了，估量著沒人聽得到他們說話，她才開口：「明天行嗎？我待不下去了，明天開始裝病。」
「記得，得是急症。」
「我知道。」

「他們給你吃什麼藥都別吃。」

「你準備好車了嗎？」

「大後天車會來，機票也訂好了。」

白揚叔叔家就在前面了，兩個人不再言語，白揚進到屋裡，叔叔嬸嬸正看電視，白揚無心和他們多說，便推說頭疼，進房裡了。

沈蒙其實不叫沈蒙，他叫齊天，他在城裡眞的不是做裁縫，而是服裝設計師，其實也差不多，他設計好了衣服，交給別人做，來到這裡不過是換成自己做，還好當初他學的基本功全都還在，沒忘，九槐村的人不需要服裝設計師，他們有自己的主意，通常藍圖是來自電視上，他們用嘴形容，必要時在紙上畫幾筆，齊天在這裡的生活變得很簡單，不需要應酬廠商，不需要應付媒體，不需要挑剔模特兒，模特兒，當初他就是因爲想找白揚當模特兒，故事才會發展到今天。

齊天記得第一次見到白揚，在一家咖啡連鎖店，白揚坐在窗邊喝咖啡看雜誌，那是一本服裝雜誌，齊天認爲白揚的氣質正適合詮釋他設計的服裝，她不夠高，沒法走伸展台，但是身材比例好，臉蛋甜美中透露出倔強的性格，有一種對什麼事都不在乎的隨性，卻又隱隱顯出對周圍環境過人的敏感度。

齊天顧不得自己搭訕的行爲有如登徒子，他在白揚對面坐下，問她有沒有興趣當模特兒，他可以安排她試鏡，白揚只是望著他，那眼光沒有情緒，沒有對模特兒生涯的嚮往，也沒有對登徒子搭訕的煩厭。

齊天更著迷了，在他的生活圈裡，許多年輕女孩渴望當模特兒，所以讓他造成一種錯覺，以爲所有年輕又漂亮的女孩，都願意以展示新衣服爲職業。你不信，齊天說，雜誌上有介紹我設計的作品，齊天將雜誌翻到介紹他的專版，白揚仔細看了，她喜歡他的風格，但是她已經結婚了，她的丈夫絕不會同意她當模特兒，於是，白揚向齊天搖了搖頭。齊天不死心，解釋道不是走伸展台的，是拍照的，只要在攝影棚裡工作，拍照一天的酬勞，相當於白領階級一個月的工資。白揚低下頭說，家人不會答應的，她喝了一口咖啡，語調依然沒有情緒，其實不是白揚學會隱藏情緒，而是白揚已經忘了如何流露情緒，她隱藏得太久，也隱藏得太好，結果成了她的生命基調。

她口中的家人是丈夫，齊天卻自以爲是的想成父母，他說，不要緊，化了妝打了光，連家人都不敢肯定那是她，更何況長得相像的人也很多。

白揚有一點動心，她想要靠自己的力量賺錢，完全依賴老公的日子並不好過，他給她信用卡，她可以刷卡買自己想要的所有東西，但是帳單會寄到他那裡，他可以掌握她的每一筆消費，她需要自己的錢，眞正可以自由支配的錢。

她答應齊天會考慮，齊天給了她一張名片，要她考慮好打電話給他，一個星期後，白揚打了，其實隔天她就想打，但是她又想讓齊天多等一等，等待有時會提高價値，讓人錯覺自己等待的是最珍貴的，最難得的。白揚開始拍照，她只在白天工作，一個星期接一檔，早上丈夫出門後，她才上工，傍晚回到家，丈夫還沒下班。她偷偷開了戶，將賺來的錢全存進銀行，她的丈夫完全沒有懷疑，以爲她忙著逛街，去美容沙龍做護膚療程，直到她和齊天有了感情上的牽扯，他才像雄獸一般，嗅出不尋常的氣味，屬於同性的氣味，侵入了他的領域，他變得行爲乖張，時常電話查勤，甚至要司機跟著白揚，表面上是接送，骨子裡是跟監，讓白揚十分困擾，費盡心思才能和齊天見面。

其實白揚一結婚，就後悔了，她的丈夫做的不是正經生意，她當初嫁他完全是圖他有錢，像白揚這樣沒專業技能的人在城裡並不好混，而她丈夫結婚圖的就是她年輕貌美了，認識齊天正是在她最絕望的時候，白揚想離婚，她丈夫不肯，說丟不起這個人，他可以天天在外面玩女人，白揚只要和別的男人多說幾句話，回家皮帶一抽，就是一頓狠打，兩個人偷偷摸摸來往了一年，爲這白揚不知挨了多少回皮帶，可是她丈夫懷疑歸懷疑，始終找不出那個男人。這樣的日子白揚過不下去了，失去齊天，她也失去生趣，偷偷來往，還不知往後會被折磨成怎樣，兩個人於是商量了這個計畫，爲實現這計畫，她已經三個多月沒見到過齊天，剛才在阿寶家見到他，她眞恨不得要他抱住自己，費盡力氣才管住自己，再忍幾天，就再忍幾天，他們就可以比翼雙飛，天長地久了。

齊天第一次在白揚身上看到皮帶抽打的瘀青，心頭的憤怒像是一把火在燒，他恨不得立刻去找那個殘暴又自私的男人理論，白揚卻死命攔著他，他終於明白爲什麼白揚身上同時流露出淡漠和機敏的氣質，這是什麼時代了，還有男人將女人視爲自己的財產，不，是禁臠。他們開始計畫，最好的辦法是讓白揚的丈夫以為白揚死了，白揚的家鄉則是上演這場戲碼最好的場景，沒有醫院，只要一張偽造的死亡證明，和一罈骨灰。

第二天，白揚服下預先準備好的藥，她開始心悸，白揚的嬸嬸嚇壞了，以為她染上風寒，接著她出現頭暈，下午就陷入昏迷，阿寶聽說了，他立刻去看白揚，昏迷的白揚安靜而美麗，像小時候兩人躲在林子裡，玩得困乏時睡著的模樣，沒有擔憂，沒有想要而要不到的苦惱。

阿寶將白揚病了的事告訴爸爸，阿寶爸說人到了城裡，身體就變壞了，不像鄉下人健朗，別人都沒染病，就她染上了，齊天要阿寶別煩惱，正好明天有車送布來，可以送白揚去醫院。

「沈大哥，你可以送她去嗎？你是城裡人，知道該怎麼做，白揚的叔叔沒進過城。」阿寶問。

齊天假裝考慮，然後痛快的答應。

阿寶說：「那我就放心了，我知道你會照顧白揚。」

齊天愣了一下，剎那間他以為阿寶洞悉了他們的計謀，不可能的，沒有破綻，即便有懷疑，也該是日後回想起來逐漸生出的。

天一亮，齊天就在路邊等送布的車，太陽愈來愈高，照著鋪滿黃土的九槐村，風一過，黃沙撲頭蓋臉而來，齊天的髮絲密密的夾雜著細沙，漫天黃沙裡，九槐村看著像是一場夢境的場景，他假裝只是無聊隨意看看，路上沒什麼人，他正好看到白揚叔叔家門口停了一輛車。阿寶從白揚叔叔家出來，問齊天吃過早點沒，齊天搖搖頭，阿寶說，來，我攤煎餅給你吃，我攤得不錯。齊天隨阿寶回去，看著阿寶在玉米麵裡調上水，鍋燒熱了放一點油，舀一匙麵糊到鍋裡，將鍋來回一轉，成了一張薄薄的煎餅，一種單純的香味充滿廚房，在這村裡生活了幾個月，齊天逐漸習慣這種簡單的生活，有時候他甚至懷疑以前忙碌的那些事究竟有沒有意義，懷疑歸懷疑，帶白揚遠走高飛的念頭卻沒有變。

「白揚的丈夫來了，他搭昨晚的飛機，然後租了一輛車趕來，他還是挺在意白揚的。」阿寶說。

齊天一驚，下午兩點以前如果不給白揚吃解藥，白揚就醒不過來了。

「白揚的丈夫怎麼會知道。」齊天問。

「白揚的嬸嬸怕擔責任，昨天下午去村長家打的電話。」阿寶說，他將煎好的煎餅放在盤裡，推到齊天面前，自己就著豆腐乳吃了起來。

「她丈夫要帶她去醫院？」齊天問，他現在一點胃口都沒有，但他怕阿寶懷疑，不得不吃了一點餅。

「對，馬上上路。」

「阿寶，我拜託你件事，你喜歡白揚對不，你把這藥偷偷給白揚吃了，一定要給她吃，別讓任何人知道。」齊天說，他不得不冒險，等白揚被帶走就來不及了，她等不及醫院抽血化驗。

阿寶望著他，繼續吃煎餅，用下巴指了指窗外，說，來不及了。

齊天回頭看，停在白揚叔叔家門口那輛車，正好呼嘯而過。

「你認識白揚，在外面就認識，你也喜歡白揚，對不對？」

齊天愣住了，不是因爲阿寶看穿了這件事，而是白揚被帶走了，現在他該怎麼辦？

他會永遠失去她，而白揚則再也沒有機會過另一種生活，享受一個女人應該有的呵護和嬌寵，尤其是像她這麼漂亮的女人。

齊天因爲不知所措，結果忘了回答，阿寶說：「我有辦法，雖然白揚不喜歡我，但是我知道白揚喜歡哪種男人，絕對不是她丈夫那種人，財大氣粗。」

阿寶吃完煎餅，自顧自的出去了，留下心急如焚的齊天，他一會兒在屋裡胡亂翻著剩下來的布匹，一會兒蹲在屋門口抽菸，阿寶爸看見他，喊他沈先生，他也沒聽見，阿寶爸覺得奇怪，走了過來，也蹲了下來，齊天這才看見他，齊天遞了一根菸給阿寶爸，阿寶爸說：「今天天氣眞好，元宵節前大概都不會下雨，元宵節黃花鎭有舞龍表演，到時會有市集，挺熱鬧的，我和阿寶帶你去看看。」

齊天沒答腔，他根本沒聽清楚阿寶爸說的話。

阿寶爸以爲他不希罕鄉下活動，遂又說：「我忘了你是從城裡來的，小鎭的市集對你大概沒啥看頭。」

齊天忙說：「忽然想起件事，待會兒送布的車來了，得去城裡一趟。」

阿寶爸沒再說什麼，抽完菸，用腳踩熄，逕自稻田裡摘幾根鮮嫩的油菜，晚上好炒辣椒就饅頭吃，他雖然覺得沈先生今天怪怪的，但是他早已將城裡人視爲另一種族群，所以有些見怪不怪了，反正多問他也不一定會說，就算沈先生說了，他也不一定會懂。

快到中午，齊天包的車才來到九槐村，齊天木然看著司機卸下布，棕色藏青色各式各款的布匹，都送進了小屋裡。阿寶爸招呼司機吃麵，齊天滿心都是白揚，覺得自己出了一個餿主意，結果害死了心愛的女人，他蹲在路邊，一籌莫展。黃沙在他眼前揚起又落下，今天天上沒有一片雲，天空藍得像海，有這樣的天空，沒有海又有什麼關係，也許阿寶爸才眞是看透了人生，他和白揚都是強求，強求自以爲更美好的生活，白揚如果沒離開九槐村，雖然就不會遇到齊天了，但是至少還好好活著，齊天從沒有像現在這一刻覺得活著是那麼重要。

齊天想立刻去追白揚，但即使現在有車也來不及了，這時候阿寶回來了，阿寶爸喊他吃飯，他也不理，他喘著氣，呼吸又重又濁，阿寶說，叫司機開車，我帶你去找白揚。

齊天不明白，一時不知道該如何反應。

「快，跟我走。」

齊天回屋拿了早就理好的簡單行李，司機剛吃完麵，齊天塞了一把錢到阿寶爸手裡，頭也不回的坐上車，他在一片瀰漫的黃沙中來到這村子，現在又在煙塵中離開。阿寶指示司機走另一條小路，由於是黃土路，沙塵更大了，車行快半小時，齊天才看到前面橫著一輛貨車，白揚就在車裡，齊天高興瘋了，從口袋拿出藥，餵白揚吃下，他問阿寶這是怎麼回事。

阿寶說：「搶人囉。」

「你們？」

「放心，我蒙上臉幹的，你們以後別再回來了，我搶白揚的時候，她丈夫連拚一下都沒有。」

「謝謝。」太多情緒，讓齊天一時不知該說什麼，半晌才從齒縫中迸出這兩個字，說時有愧疚，有感激，但是阿寶不會明白的，白揚的丈夫固然沒有為了白揚和搶匪拚命，剛才白揚丈夫帶白揚走時，齊天又何嘗不是沒有試著從她丈夫手裡搶人。

「我知道你會對白揚好。」

「可是，我……」

「別說了，你們城裡人想太多了。」

「她丈夫一定會報警。」

「你不用擔心我，我有辦法，你們自己小心就是了，白揚現在算是失蹤，我想她丈夫就算找她，也不會找太久，上路吧，別往東走，她丈夫走那條路，你們往北吧。」

齊天點點頭。

「九槐村又沒有裁縫了。」阿寶說。

「我屋裡那些布你就賣了吧。」

阿寶點點頭，說：「決定在哪個城市落腳，寄張那城市的風景明信片來，上面別寫別的，沒人寫信給我，我看了就明白了。」

「我會的，阿寶，謝謝你。」

阿寶搖搖手，司機開車上路了，齊天回頭看，阿寶若無其事的站在貨車前面，沙塵蒙了他一頭一臉，也許他才是最愛白揚的人，所以他看穿了這一切，早就了然於心，只是什麼都沒說。這時候，白揚醒了，她看見齊天，問：「這是在哪裡？」

「在離開九槐村的路上，我們再也不回去了。」

白揚完全不知道她昏迷後發生了什麼事，她還有些暈，齊天讓她靠在自己身上，他們再也不會回九槐村了，那個黃沙漫揚的村子，像夢境一般的場景。

文學叢書 278

夢著醒著

作　　者　楊　明
總 編 輯　初安民
責任編輯　施淑清
美術編輯　黃昶憲　林麗華
校　　對　吳美滿　施淑清　楊　明

發 行 人　張書銘
出　　版　INK 印刻文學生活雜誌出版有限公司
台北縣中和市中正路 800 號 13 樓之 3
電話：02-22281626
傳真：02-22281598
e-mail : ink.book@msa.hinet.net
網　　址　舒讀網 http ://www.sudu.cc

法律顧問　漢廷法律事務所
劉大正律師
總 代 理　成陽出版股份有限公司
電話：03-2717085（代表號）
傳真：03-3556521
郵政劃撥　19000691 成陽出版股份有限公司
印　　刷　海王印刷事業股份有限公司

出版日期　2011 年 1 月　初版
ISBN　978-986-6135-06-4

定價　220 元

國家圖書館出版品預行編目資料

夢著醒著／楊明著；
--初版，--臺北縣中和市：INK 印刻文學，
2011.1 面； 公分（印刻文學；278）
ISBN 978-986-6135-06-4（平裝）

857.63　　99024776